目が覚めたら、
私はどうやら絶世の美女にして
悪役令嬢のようでしたので、
願い事を叶えることにしましたの。

KIRAMOMOZO
きらももぞ

Illustration:Tsukito
月戸

CONTENTS

目が覚めたら、
私はどうやら絶世の美女にして
悪役令嬢のようでしたので、
願い事を叶えることにしましたの。

プロローグ

ふっかふかのお布団の上、天蓋（てんがい）付きベッドのレースが美しい。窓から差し込む朝日はキラキラ輝き、花瓶に生けられた赤白ピンクのガーベラを照らしている。

まさに世界が私を祝福しているかのような、素晴らしい目覚めとなった。


ベッドから降りて鏡を見る。

そこに映るのは、絶世の美女。

レティシオン・ベルモンド公爵令嬢。十八歳。王立学園の三年生。


スッと通った鼻筋、カールしたまつげ、その奥に煌めくすみれ色の瞳。

小ぶりな唇は赤く色付き、肌は陶器のように白い。

艶（つや）のあるプラチナブロンドの髪に、爪の先まで磨き抜かれたしなやかな指先。

その造形は、職人によって計算され尽くし、精巧に作られた人形のように完璧なまでの配置で、思わず息を呑（の）む美しさだ。しかし真っ直ぐにこちらを見つめるすみれ色の瞳には、揺るぎない強さを示す光が宿っており、この眼差しを見れば私を人形だと思う人なんて誰一人いないだろう。

こんなにも見目麗しく幸せそうな女性は、きっと他にいない。

「……美しい」

ふいに零れ落ちた言葉。一人きりの部屋で、その音を聴いたのは私だけ。
それがなんだか可笑しくて、私は笑った。

それまで淑女の顔をしていたレティシオンが、年相応に、幸せそうに笑う。
いえ、幸せそうに、ではない。

私は、幸せだから、笑うのだ。幸せだと感じられるから、笑えるのだ。

鏡に映ったのは、レティシオン・ベルモンド。
溢れるほどの愛と未来への希望、そして温かな幸福に包まれた私こそ、この世にたった一人の、
レティシオン・ベルモンドなのだから。

第一話　私は何者？

ある日、目覚めたら自分が何者か分からなくなっていた。


しかし幸運にも、私を知る人々はこんなことになった私を責めることなく、ゆっくりでいいのだと……レティシオンが望むことをして、レティシオンを取り戻していこう、と言ってくれた。

けれど私は何がしたいのか、どこに行きたいのか、望むことをすぐに答えることができなかった。それでも、皆は大丈夫だと言って私を待ってくれた。

そんな皆の優しさを感じて、一つずつ、少しずつ、私という人間を見つけていきたいと思った。


その日は、本を読むことに決めた。

私室の本棚には、教科書や歴史書の他に最近人気だという恋愛小説がある。

まだ真新しい本を手に取り、ソファに座ってじっくりと内容に目を通した。予想外の出来事にヒロインが巻き込まれていく展開にハラハラドキドキしながらページをめくり、最終章に到達する頃には、もう少しで物語が終わってしまうことを残念にすら思った。

読後の心地好い満足感に浸りながら、読み終わった本を棚へと戻し、勉強用の机の上に置いてあった一通の手紙を手に取った。柄のないシンプルな封筒と、その中には一枚の手紙。

この手紙は、学園でいつの間にか私の机の中に入っていたものだ。

ペーパーナイフで切って開けておいた封筒の口から中身の紙を取り出す。差出人不明のその手紙の内容は、端的な一文のみ。


『人の恋路を邪魔する悪役令嬢はすぐに身を引きなさい。』


この一文だけが書かれている。

誰と誰の恋路なのかは書かれていないけれど、私の机に入っていたということは学園内での私は〝悪役令嬢〟ということなのだろう。

悪役令嬢といえば……先程読んだ小説にも出てきていた。ヒロインの恋敵かつ悪事を働いてしまう女性のことを指すらしい。ヒロインとヒーローの恋路に立ちはだかる障壁ともいえるだろう。あの中でも、悪役令嬢は二人の恋の障害となって、物語を盛り上げるという大きな役割を担っていた。

自分がそれに当てはまるのか……と考えると何だか不思議な心地になりつつ、悪役令嬢だなんて、まるで私は物語の中の人物のようね、と思わず呟く。すると確かにその美しさは現実離れしているな、と返ってきた。

私が悪役令嬢ならば、ヒロインは誰かしら?

そんなことを考えながら窓に目をやると、美しい人が映っていた。たとえ私が悪役令嬢だとしても、ずっと見ていたいと願うのはこのお姿だけだわ……と密かに思いながら、私はまた室内へと向き直った。

部屋に籠もってばかりもいられないので、邸内を散歩することもあった。

そんなある日、両親が時間を作って私をお茶に誘ってくれた。たくさん話をして、二人から愛情を惜しみなく注がれて育ってきたのだと実感できた。

両親だけでなく、侍女達も庭園に連れ出してくれて、皆で友人のようにお茶をしたり、お散歩をしたりと楽しい時間を過ごすようになった。遠慮のない彼女達の勢いに押され、笑う姿に心が温かくなる。この時に皆で食べたマフィンは、今の私の大好物となった。

この頃から、私が何者であろうとも、変わらずに時は流れるのだなと思うようになった。けれどこの時間というものは、私が思っているよりもゆったりと進んだり、あっという間に過ぎ去ったりする。そんな当たり前の変化を感じられるようになったことは、とても良い兆候だった。

自分の中で、もっとこんな時間を過ごしていたいと思うことが増えると、大切なものがこの手の中に少しずつ増えていく。このまま、ゆっくりでもいいから、私は私のやりたいことを探していこうと思えるようになった。


それから、私は外に出るようになった。

まずは父の領地視察について行き、たくさんの領民の方々とお話をさせていただいた。公爵家は父の代になってから積極的に領民と関わりを持つようになり、どこに行っても領主様、お嬢様、と声をかけてもらえる。

一緒には来ていない母のことも話題に上がった。領民の誰もが私達を好意的に見てくださっていて、私は両親が誇らしかった。


次に、領地にある孤児院を訪れた。

読み書きを教えてほしいと子供達にお願いされたため、腰を据えてじっくりと教え込んだ。とりわけ小さな子供達には、私のお古で申し訳ないけれど、と幼い頃に使っていた絵本などを渡すとお礼に花冠を作ってくれた。

僕のおよめさんになって、と言われた時には可愛くて思わず頷きそうになったが、隣にいたお方から即座にだめだ、と言われて思わず笑ってしまった。

心から笑うことができるようになると、私はもっと大胆な行動をとるようになった。

侍女達が手伝ってくれたお忍びスタイルの変装をして、王都で話題になっているカフェにも行った。

初めて食べた料理に舌鼓を打ち、食後のケーキを食べていると、甘すぎる……と目の前に座るお方は険しいお顔をすることもあったが、とても美味しくて大満足だった。帰り際にはお店のご主人にご挨拶させていただいた。

また是非、お越しくださいと言っていただき、必ずと答えてお店を出た。


そして……私は復学することにした。

邸内での私、領地での私、領地の外での私……色々な自分を知って、いよいよ学園での私を知りたいと思ったからだ。


朝の支度をしていると、馬車の準備ができたようよ、といつもより早い時間に母が部屋へとやってきた。

支度を手伝ってくれていた二人の侍女に急ぐように伝えれば、レティお嬢様を美しくするための時間ならいくらでもかけて良いと言われています、と返ってくる。

母も笑って頷いたので、それならとびきり可愛くしてちょうだい、とお願いした。その途端、侍女二人の目つきが変わる。舞踏会に行くんじゃないのよ、と何度も彼女達を止めることとなった。

髪飾りにはプレゼントでいただいた紫から赤のグラデーションが美しいリボンを選んだ。これをつけているだけで、気持ちが前向きになるようだった。


学園に到着し、教室に入ってクラスメイトに挨拶をしても、皆、きちんと返してはくれなかった。それればかりか、私が挨拶をするとそれはそれは驚いた顔をして視線を泳がせた後、目を伏せるという流れが出来上がっていた。

挨拶を返したくない……というよりは、返せない、といった表情に見えた。

ここで私は考える。

思い出したのは……あの、手紙の内容だった。

私がこの学園内で〝悪役令嬢〟と呼ばれているのなら……悪役令嬢らしく自己の欲望に忠実に、かつ堂々と振る舞ってみるのも良いかもしれない、と。

その考えを実行すべく、まずはその場から逃げなかった同じクラスの女子生徒の何人かに挨拶をした後、私を……学園でのレティシオンを知るために、聞き込み調査をした。

私について教えてほしいの……どうかお願い……と上目遣いで頼めば、彼女達はごくりと喉を鳴らした後に緊張した面持ちで私の問いに答えてくれた。

彼女達の話から分かったことは、どうやら私は第一王子殿下ととある男爵令嬢の恋を邪魔する悪役令嬢だと、一部の方々から呼ばれていたようだ。

なるほど。手紙に書いてあったのはそのお二人の恋路だったのね、と納得はした。しかし手紙の差出人については誰も知らないとのことだった。話しをする中で候補者が上がりはしたけれど、決めつけるのはよくないのであくまでも参考にさせていただくだけにした。

そしてもう一つ分かったこととしては、殿下の命令により、生徒達は私と話をしてはならないとされていたということ。だから私と話す機会がこれまでなく、私から話しかけたことに大変驚いたのだ。

色々と聞いてしまったお詫びとお礼を言うと、皆、とんでもございません！　と耳まで赤くしていた。

そこからは聞き込みをすることが少し楽しくなってきて、クラスメイト以外にも話を聞いて回ることにした。

狙いはやはり、私を見て何だか申し訳なさそうにしている女子生徒だ。彼女達の良心を利用するようだけれど、彼女達は比較的すぐに私が求める答えをくれた。

ただやはりその誰もが、クラスメイト同様に私が話し始めると顔を赤くする。その目で見つめないでくださいませ、と顔を覆う者もいた。どうか教えていただきたいの、なんてうるうるの上目遣いをするせいだとは分かっている。

私も鏡で自分の上目遣いを見て、倒れかけたもの。

それでもこれは私の武器らしいので、存分に使わせてもらった。成果は私の想像以上だった。

男子生徒が動き回る私をちらちらと……いえ、じっくりと見ていることには気づいていたが、彼らのことは気に留めず行動した。男性を振り回しているようで、より悪役令嬢のようでしょう？なんて、心の中で勝手に思いながら。

十人に満たないぐらいの人数に聞いたところ、私……レティシオンの評価は決して悪くなく、むしろ高評価と言って良かった。

第一王子殿下の幼い頃からの婚約者で、家柄も良く、王子妃教育を受けながら学校での成績も優秀な才色兼備。

ダンスだって華麗に優雅に踊る。礼儀作法も全女子生徒のお手本となるほどの完璧さ。

性格もお淑やかで慎み深く、殿下にはそれがつまらないとすら言われていたほど……という。

悪役令嬢という話は本当に一部の者しか言っていなかったそうだ。ただ、その一部の声が大きかったのか……気が大きくなった方だったのか、といったところのようである。

しかし、それ以外においては自身への称賛ともいえる言葉の数々に、一人密かに喜びを噛み締めていると、話し終えた方々に泣きながら謝られた。彼女達も抱えているものがあったのだ。あなたは悪くないわ、と一人一人にお話しして泣き止んでもらうのは大変だったが、嫌な気持ちには一切ならなかった。

満足に話を終えたのは、午前中の授業以外の時間をすべて使い、昼休みに入ってからだった。

しかし……無事に聞き込みは終えたのだけど、休み明けに活動しすぎて目立っていたのか、何やら周りに人が多くなってきていた。

これはどうしましょう……と考えていたところで、まさに悪役令嬢としての出番がやってきた。

第二話　私を呼ぶ、その人は

「レティシオン！」

背後から呼ばれて振り向けば、金髪碧眼の第一王子殿下と、ピンクブロンドの髪に榛色の瞳をした男爵令嬢のお二人がいらっしゃった。

一応、私は殿下の婚約者のはずなのだが、その私の前だというのに腕を組んで現れたことから察するに、お二人は随分と仲がよろしいようだ。

私が〝悪役令嬢〟と呼ばれているのも、この関係があってこそ。

そんな話題性抜群の三人がいるのはお昼時の中庭。食堂に向かう通路からよく見える場所のため、衆人環視での対面となった。

「お前、何やらおかしなことを聞き回っているらしいな！」

「おかしなこと……とは？」

「お前が何者なのかということや、私やコリンヌのことを、だ！　なぜわざわざそんなことを聞き回る？　何が狙いだ？」

眉間に皺を寄せたテオディール・シュヴラン第一王子殿下は、とても王子様には見えない凶悪なお顔をされていた。普段は物語に出てくる王子様のように麗しいお顔であるのに、今のこの表情はとても残念に思う。

彼はこれまでもこうして、レティシオンを邪険に扱うだけでなく、生徒達の前で蔑んできたのだ。王族に嫌われては貴族社会では生きていけないのだから、周りが私を避けるのも仕方がないことだと悟っていたけれど。

そして殿下の腕に自身の腕を絡めて、勝ち誇ったように笑うのはコリンヌ・ジャケ男爵令嬢。愛らしいお顔は私とは違う人気を博しそうだと思うが、小柄ながら豊満なお胸を殿下の腕に押しつけるようにしており、どうやら淑女としての教育は行き届いてはいないことが窺えた。

お二人とも、私と同じ三年生。親密になり始めたのは一年の中頃から。

……ここまでくると、もう一途なのかも？　なんてことを考えていたら、正面からも周囲からも私の次の発言を待つような視線を感じた。

いつまでも意識を飛ばしていてはいけない。質問にお答えしなければ。

「……狙いなど何もありませんわ」

「そんなはずはないだろう！　お前は今まで誰にも話しかけもせず、ただそこにいるだけの人形だったではないか！」

「そんなことは……。私は、ただ……」

ここで私は口元へと手を当て、不安そうな眼差しで、ゆっくりと自分の足先へと視線を落とす。

「先日目覚めましたら……突然、自分自身が何者か分からなくなりましたの……。それで、私をよく知ってくださっている皆様に、私のことをお聞きしたくて……。勝手なことをして……誠に、申し訳ございません……」

　涙交じりに答えてみれば、ざわつく野次馬たち。

「私、自分を……失ったようで……。不安で………」

　悲壮感漂う私の姿に、皆が息を呑んでこちらを見つめているのを感じる。私は声を震わせ、次の言葉を口にした。

「……殿下のおっしゃる通り、自分が人形のように思えたのです。鏡を見ても……まるで感情のない瞳がこちらを見ているようで……。それが、恐くて……辛くて仕方がなくて……」

　下唇を噛み締めて、涙が溢れるのを堪えてみせる。肩を小さく震わせながら一人佇む様に、周囲の方々の私に対する見方が変わっていくのが分かった。

「レティシオン様……そんなに悩まれていたなんて……」

「私、折角ご挨拶いただいたのに、返せずにいたわ」

「私も……なんてことを」

　と、私への同情の声が聞こえてくる。

「そもそもレティシオン様を無視しろとおっしゃったのは殿下なのに」

「常日頃から黙っていろ、口を開くなとレティシオン様におっしゃっていたのだから、レティシオン様は口を閉ざしているしかなかったのでしょうに」

「レティシオン様のご意見をお聞きしたいと言っても、殿下が不要だ、話しかけたら退学だとおっしゃるから……」

　レティシオンが無視をされていたのも、お人形のようにしていなければならなかったのも、すべては第一王子殿下の仕業というわけである。

　しかし、彼らの声は聞こえていないかのように、殿下は私の姿に動揺していた。

「レティシオン……。まさか……まさか、泣いているのか？」

「いえ……申し訳ございません。公爵家の娘ともあろう者が、このような、ことで……取り乱してしまい……」

「……レティシオン、顔を上げよ」

　いつもより数段堅い口調で命じられ、私はゆっくりと顔を上げた。

　目に涙をためたまま、淑女の微笑みを真っ直ぐに殿下へと向ける。

　殿下が息を呑んで、腕に纏わりついていたご令嬢をその腕から強引に引き剝がした。

「……レティシオン、やっと昔のお前が戻ってきたのだな」

　その声には明らかな喜びと、久しく聞いていなかった優しさが含まれていた。

「昔の……喜怒哀楽を見せていたお前が戻ってきたようだ。私は王子妃教育で作られた笑みではなく、心から笑うお前が見たくて、今までのような振る舞いをしてきたのだ。その成果がやっと……いや、きっと今のレティシオンは、俺が好ましいと思った時代に戻ったのだな」

　少し興奮気味に捲し立て、一歩二歩、私へと踏み出す。

「出会った時のレティシオンは愛らしく笑っていただろう？　あの笑顔に私は心を奪われたんだ。何かを学ぶ度に王妃に近づいているようで嬉しいと笑い、できないことがあれば悔しいと自身に憤り涙を流す。そんなお前を私は本当に愛らしく思っていたのに……お前はそれらを忘れていくかのように表情も感情も失くしていった。それが歯痒かったのだ。私が態度を冷たくすれば感情の変化も出てくるかと思っていたのだが……そうか……。自身を忘れたから……」

私に話しかけながらも、殿下は自身に言い聞かせるような話し方をしている。私は反応を返さずに私はただ殿下を見つめていた。

「そうだな……これから二人きりで話をしよう。お前は自分が分からなくなったと言ったな。お前が忘れてしまったのならば、私が教えてやろう。私ならお前のことが分かるのだから」

そんな殿下を止めに入ったのは、コリンヌ男爵令嬢だ。彼の腕に縋(すが)りついて声を荒らげる。

「ちょっ……テオ様！　私達の邪魔をする悪役令嬢のことなど、どうでも良いではございませんか！　この後は私と過ごしていただく約束ですわ！」

「そんな約束をした覚えはない」

「テオ様!?」

「気安く呼ぶな。お前のような下位貴族など、レティシオンと比べるまでもない。あの頃のレティシオンが帰ってきたのであれば、お前はもう用済みだ」

「そんなっ！　あんなにも情熱的に愛を囁(ささや)いてくれたではありませんか！」

「お前など気晴らしに過ぎない！　手を離せ、無礼者！」

言い争いへと発展したお二人を前に、黙ってその様子を眺める。どちらも似たようなものだが、とりあえず学園の皆様が見ておられますよ、という忠告は呑み込んでおく。

〝悪役令嬢〟に引き裂かれる恋路、といったところだろうか。

殿下の口ぶりでは彼にコリンヌ男爵令嬢への愛情はなかったようだけれど……こればかりは本人にしか知り得ないことだろうと考えるのをやめた。

ところで殿下は……私の変化にはお気づきではないのでしょうね、この様子だと。先程までぼやけつつあった視界が今はクリアになっている。だから目の前のお二人がよく見えるということで……。

見事にもつれ合っている様子をしばし観賞し、止める者がいないためにまったくお互いに引く気配のない言い争いにもそろそろ決着をつけてくれないかとため息が出そうになった瞬間。


「レティ」

殿下とはまた違った声に呼ばれ、そちらへと顔を向ける。群衆が自然と左右に分かれ、まるで主役の登場かのように姿を現したのは、燃えるように赤い髪と瞳をした、ヴィクトール第二王子殿下だった。

第三話　私の婚約者

「ヴィクトール様」

一歩ずつ大股で近づいてくる高貴なお方の名前を呼ぶ。

「すまない。遅くなった」

彼はテオディール殿下の一歳下の弟君、ヴィクトール・シュヴラン第二王子殿下。

顔つきは二人とも似ているが、黙っていれば優しげな雰囲気で美青年という印象の殿下に比べ、ヴィクトール様は凜々(りり)しくたくましい男前といった印象を受ける。

かつて周辺国から攻め入られた際に、その智力と武力で騎士団を纏め上げ、自身も最前線に立ち国を守ったと言われる三代前の国王陛下。他国からは闘神と恐れられながらも、自国では決して武力行使することなく、民からは賢王として崇められるお方と同じ髪と瞳の色を持つヴィクトール様。

その姿はまさに賢王の再来とも言われ、幼い頃から何をしても優秀だと評判だった。友好国である隣国に留学生として招待され、この二年間は隣国で過ごし、つい二ヶ月程前に留学期間を終えて母国へと戻られたのだ。

隣国は王国騎士団が非常に優秀だと有名で、そこで剣技に磨きをかけた彼の体つきは他の学生とは一回り違っていた。それに加え、帰ってこられてからはすぐ精力的に執務に取り組まれ、学園に入学すればまたたく間に成績トップに躍り出るなど、着実に功績を積み重ねている。

　そんな超人ともいえるお方が現れたとなれば、ザワつくのも仕方がない。ヴィクトール様自身、正式に学園へ通い始めて間もないということもあり、お姿を拝見したのが初めての方もいるだろう。

　皆が固唾を呑んでシュヴラン兄弟が次に取る行動を見守る中、ヴィクトール様は私の正面に来て、ふいに片手を上げる。

　何をするのかと一瞬どよめきが上がったが、ヴィクトール様は気にする様子もなく、その手で私の頬を撫(な)でると心配そうに言葉を発した。

「こんなところで囲まれているから何事かと思えば」

「申し訳ございません。気づけばこのようなことに」

「あなたが悪くないのは分かっているから、謝らなくていい。気分は大丈夫か？」

「ええ。問題ありません。むしろ良いことがたくさんありましたから」

　頬を撫でていない方の手を腰に回し、私の瞳を覗き込むヴィクトール様。にこりと微笑(ほほえ)めば、安心したように彼も微笑み返してくれる。

　そんな私達の様子を、先程まで言い争いをしていたお二人は口をあんぐりと開けて見ていた。

「ヴィ、ヴィクトール！」

「……ああ、兄上。なかなかお会いしませんでしたから、お久しぶりですね」

「お前！　私の婚約者に、何をっ！」

人差し指を私達に向けてきた殿下が、ぎりりと音がしそうな程に睨みつけてくる。その一歩後ろには、同じ顔をしたコリンヌ男爵令嬢。

ヴィクトール様は私の横に並び立つと、腰に回した手で、私を自身の方へと軽く引き寄せる。

「人を指差すのは止めてください。兄上といえども無礼ですよ。それに、彼女は俺の婚約者です」

「は？」

「兄上もご存知でしょう？　兄上とレティの婚約は、二ヶ月前に兄上が視察に出られた後すぐ、解消されました。その場で彼女は俺と婚約し直し、レティの卒業後に結婚式を挙げることが決まっております」

「は……はあああ!?　どういうことだ!?　私は何も聞いていない！」

「視察中に通達を何度も出しておりますが……お読みにならなかったのですか？」

「何度、も……」

呆然としながらこちらを見る殿下。背中に張り付いたコリンヌ男爵令嬢は、言われた内容を理解したのか、途端に顔を輝かせた。

「テオ様！　あの女との婚約がなくなったのならば、この私があなたの婚約者……いいえ、王太子妃に……」

「軽々しく馬鹿なことを言うな」

彼女の言葉を素気なく遮ったのは、もちろんヴィクトール様だ。

「礼儀も知らぬ者が、王太子妃など務まるわけがない。そんなことも分からないのか？」

「なっ……何よ、失礼な！　テオ様が王太子になるんだから、その恋人の私が王太子妃になるのは当然じゃない！」

「ああ、根本から間違っているんだな。兄上は王太子にはならない」

「……は？」

「……え？」

あら、二人揃って見事にお口が開いておりますわ。

それはそうでしょう。我が国は世襲王政であり、体が弱く公務が行えないなどでない限りは国王の第一子がその跡を継ぐ。だから健康体である殿下が王太子でなくなることは、余程のことがない限り、ありえないのだ。

「それについてもわざわざ早馬を出して、使者から直接伝えるようにしたのですが……兄上、本当に執務で視察に向かわれたのですか？　まさか一ヶ月もの間、遊び歩いていたということはありませんよね？　そちらのご令嬢も同行したと聞いておりますが、二人して使者には会わなかったと⁉」

「それは……いや、会った……ような？　でも、そんなことより、王太子は……！」

「立太子の儀は俺が十八歳を迎えたら行います。結婚はレティが卒業してすぐするつもりです。

本来なら、俺が王太子となってからレティを妻に迎えるものなのでしょうが……早くレティと結婚したいので、公爵殿に頼み込んで婚姻を早めてもらいました」

さらに引き寄せられ、体の半分はヴィクトール様に密着した状態になった。私はドキドキしてたまらないのに、ちらりと見上げた彼からは、なんともないといったふうに笑いかけられて悔しい。

「レティ、そんなに可愛い顔をしないでくれ。皆に見せたくない」

「こんな体勢では無理ですわ。ドキドキしてしまいますもの」

「そうか。じゃあなるべく下を向いていてくれ。あなたに惚れる者を増やすわけにはいかない」

緩急がすごすぎてもう目眩がしそうです。

ほう、とため息をつけば、周りで見ていた女生徒と目が合った。その瞬間、彼女の顔は真っ赤になり自身の手で両頬を押さえ、その近くにいた学生達までもが頬を赤くしてしまっている。

「ヴィクトール様、大変ですわ。皆様のお顔がどんどん赤らんできております」

「だろうな。だからこんなに囲まれるのは嫌だったんだ。表情が明るくなり、話しかけられると分かった途端にこれだから」

「申し訳ございません。まさかこんなことに……」

「レティは悪くないが……そうだな、もっと自分が美しいと自覚してくれればいい」

「ふふ。努力いたしますわ」

そんな会話をしていると、ヴィクトール様のお腹がなる。

「いい加減、腹が減ったな。兄上もあの調子だから行こう。昼食の時間がなくなる」

「はい」

「兄上、聞きたいことがあればまた夜にでもお聞きします。俺がいなければ父上か宰相……は忙しいでしょうから、ヴァンドールに聞いてください。ヴァンドールも忙しいでしょうが、彼らよりはまだ優しいところがありますから」

ヴァンドール様は、ヴィクトール様の三歳下の第三王子殿下である。ヴィクトール様のことを心から尊敬し、彼の背中を追いかけて王子教育も剣の訓練も一生懸命に取り組まれている。幼い頃から私を義姉上様と呼んでくれて、とても可愛らしいのだ。

ヴァンドール様を思い出してつい微笑んでいたら、追い縋るような殿下の声に現実へと引き戻される。

「待て、レティシオン！　お前は……お前は、私を愛していたのではないのか!?　私の妻になるために厳しい教育を受けてきたのではないのか！」

もう後ろにいるご令嬢のことなど忘れたかのような素振りに、どうしてこんな人の言うことを今まで真面目に聞いていたのかと自分が嫌になった。

――私が殿下を愛していると思っていながら、私へあれ程までに辛く当たられたのですか？

――殿下の妻となるために厳しい教育を受けていると分かっていたのに、その教育を否定するような言動を取ってきたのですか？

私の中に沸々と怒りが込み上げる。そんな私の感情を察したのか、ヴィクトール様の手が腰から離れ、背中を優しく撫でる。

その気遣いが嬉しくて、この人がいてくれるのならばと思えた私は、自分の口から殿下へと告げた。

「申し訳ございません、殿下。私は自分が何者か分からなくなったために、殿下がご存知である私ではなくなってしまったようなのです」

「だから！　お前が記憶を失くしたのであれば、幼い頃からお前をよく知っている私が、お前の話をすればまた思い出すと……」

「殿下、それは意味がありませんわ」

先程のヴィクトール様がご令嬢へとしたように、今度は私が殿下の言葉をきっぱりと跳ね除ける。

「意味が……ない？」

「私は記憶を失くした、とは一度も口にしておりません。ただ、自分が分からなくなった、とだけ」

「……何？　何が違う？」

「私は過去の記憶はしっかりとございます。記憶喪失などではなく、私は、私自身の存在価値が分からなくなってしまったのですわ」

第四話　私の閉ざされた世界

二ヶ月前、テオディール殿下は私や周りがお止めしたにもかかわらず、コリンヌ男爵令嬢を伴って視察へと旅立った。

出発の知らせを聞いてすぐに、私はついに殿下との婚約解消を願い出ようと決意をした。


殿下と私の婚約が決まったのは、お互いに七歳の時だった。

幼い頃は王子教育も真面目に取り組み、私に対しても優しいお方だった。少しプライドが高い部分はあったが、王になるお方だと思えばその点も彼の強みだと思えた。お互いに切磋琢磨していきたいと思っていた。

しかし殿下は徐々に私に対して不満げな表情を見せ始めた。それは王子妃教育で感情を表に出さないように言われ始めたあたりからだったろうか。私がにっこりと笑わなくなっていくのと、殿下の眉間に皺が寄るのは比例していたように思う。

それには困惑するしかなくて……王子妃教育の先生からも、殿下の生涯の伴侶となるためには必須項目だと言われるばかりだったので、身につけないわけにはいかない。はじめはどうして殿下がこのような態度を取るのか分からなかった。必要だと言われていることだけでは足りないから？　と、授業時間や教育科目を増やしていただいたこともあったけれど、それはそれで逆効果なようで……。

かといって勉強に手を抜けば、王妃となる者には相応しくないと思われてしまう。八方塞がりのような心地の中で、殿下の顔色を窺いながら過ごす日々だった。

学園に入るまではお会いするにしても周りに大人がいたため、人前では素っ気ない態度ぐらいだったが、周囲に見えない位置から私を強く睨んできたり、話しかけても気づいていない体で無視されることがあった。

それにはとても傷ついた。夜、眠る前に殿下のあの視線を思い出し、悲しみから涙を堪えることが何度もあった。

いつしかそれは悲しみからやるせなさへと変わる。何をどう頑張れば、昔のように殿下が私を認めてくださるのか分からなくなった。

そして殿下の私への嫌悪は、学園入学とともに顕著になった。学生しかいない学園内で自由を得た殿下は、ことあるごとに私を叱責した。

「お前は見た目だけはいいからな。気味の悪い薄ら笑いを浮かべるぐらいなら、そこで黙って立っていろ」

これを毎日……本当に毎日、言われた。

その頃には彼の態度が冷たいことにも慣れていたため、初めて言われた時もひどく驚きはしなかったが、それでも心は傷ついていた。

私達が通う王立学園は、学園内のことに王家は介入しない決まりになっている。これは三年間という短い期間ではあるが、同年代が集まる場において地位ある者がいかに統制を取れるかをはかるためだと言われている。

王家や公爵家、それに続く爵位の者は、将来、その立場に立つことが期待される。もちろん下位貴族でも能力がある者は上がってくるけれど、それはほんの一握りだ。

第一王子であり王太子となるテオディール殿下は、その地位に就いたことで歯止めがかからなくなったのかもしれない。入学後、自由を手に入れたことで、自身の不満をぶつけるかのように私に対して辛辣な言葉を浴びせかけた。

「何を他人に色目を使っている！　お前はいずれ王妃となり、私を支えるのだから、私のためにだけ行動すればいい。周りの人間との接触など不要だろう？　分からないことは自分で本でも読んで調べるんだな！」

クラスメイトから少し授業の内容を質問され、答えていただけだった。その場にいたクラスメイトは顔を真っ青にして謝り、それから先、話しかけてはくれなくなった。

殿下は私が言葉を発すると怒り、友人を作ることも許さないとおっしゃった。

この時点で、殿下は成績も学年上位に入るぐらいには優秀であったために、彼の行動に異を唱えられる者はいなかった。

私だけに冷たい対応を取るのならばまだ良かったのに……殿下が周囲まで巻き込んでしまったことで、私も皆に迂闊に話しかけられなくなった。私が孤立していれば、皆は平穏に過ごせるのなら、その道を選ぶ。私の悲しみは後回しでいい。私が殿下の婚約者である以上、こうする以外の方法を思いつかなかった。


そして一年生の半ばでコリンヌ男爵令嬢と出会い、親しくなってからは、殿下は彼女との時間を作りたいがために、代わりに執務をするよう命じるようになった。王子妃教育の後、殿下の執務室で執務を代行し、帰宅後は自身の学園の課題をする。

私が執務を前倒しにして終わらせることで、殿下は空いた時間をコリンヌ男爵令嬢と会う時間に充てた。


二年生に上がってからは、彼は大半の執務を私に回すようになった。

「王妃になるために必要なことだ。むしろここまでやらせてもらえることを喜ばしく思え」

と言われた。

さすがに最初から最後まで私が手を出すと、周囲が執務の代行に気づき始める。そうすると殿下は、私がやっていることはあくまでも殿下のサポートではあるが、私自身がどうしてもやりたがっているのだ、とそれらしい言葉を並べ説明した。

「私の言葉を否定するようなことがあれば、学園内で孤立しているお前の評価を市井に広めるとしよう。さぞや国民は落胆するだろうな。未来の王妃が、友人一人もまともに作れぬ者だと知れたら」

そんな横暴なことが許されるのかと歯痒く思うばかりだったが、

「何とでも思うがいい。一つの騒ぎでベルモンド公爵家の名に泥を塗ることになるかもしれんがな。ほら、悲しければ泣いてみろ。それか私に怒ってみせるか？」

などと言われては、黙るしかなかった。表情には出さないよう、閉じた口の中できつく歯を食いしばる。そんな私に殿下は声を荒らげた。

「こんな時ですらその澄まし顔か！　本当につまらない女になってしまったな、レティシオン！　コリンヌを見てみろ。あんなにも愛らしく私に笑ってみせる。お前もあのぐらいの笑顔を見せてみろ！」

何に笑えと言うのです。その言葉を呑み込み、私は静かに頭を下げるだけ。この態度が彼の怒りを増長させているのは分かっていたが、これ以外にできることはない。

殿下の態度に疑問を持つ者も中にはいたが、私が何も言わないのだから悪いことはない、と殿下が言いくるめて終わる。

そして殿下が手を回したのか、王城内でも人と会うことが極端に減っていた。

……現状を話せば両親は私の味方をしてくれるだろう。しかしこの頃の私には、現状を打破できる道筋が見えず、行動する勇気が持てなかった。

学園内でも王城内でも孤立した時間が続いていたことで、私は先の未来を期待できなくなってしまっていたのだと思う。


殿下のコリンヌ男爵令嬢への寵愛は次第にエスカレートしていった。特に印象的だったのは、私の誕生日にはメッセージカードもない花束が公爵邸に贈られてきただけだったが、コリンヌ男爵令嬢の誕生日には宝石の付いたネックレスが贈られたことだ。

殿下からも彼女からもそのことを直接言われたために、どう反応を返すべきか思案したのを覚えている。羨ましいとは微塵も思わなかったけれど、婚約者としては腹を立てるべきなのかと悩んだりもした。

けれど私に贈られてきた花束を見た母がとても怒ってくれたので、その姿を見ただけで満足して何も言うこともなく終わってしまった。

大きく口を開けて笑うコリンヌ男爵令嬢を可愛いと褒める殿下。その姿を目の前で見せられ、何もせずとも罵倒され、殿下のすべき執務をこなす。

婚約者であるはずの私は蔑ろにされ、毎日心が擦り減り、壊れていくような生活が続いた。

私だって笑いたかった。けれど王子妃になる身として隙を見せるような態度は許されない。そんな事情を一番近くで見ていて知っているはずの殿下が、私を貶しめ続ける。

私や周囲への殿下の態度に何度も失望した。それでも変わることのない未来に絶望すらした。変えられない自分が無力に感じられた。

気づけば、鏡を見ることが恐くなった。

鏡が映すのは、彩りのない世界。その中に佇む、一人の令嬢。その令嬢が自分自身なのだと認識するよりも早く、鏡から視線を逸らすことが増えた。無機質な瞳に見つめられると、心が苦しかった。

殿下の言うように、表情のない人形がこちらを見つめているようにしか見えなくなっていた。

恐らく、私の心はもう限界だったのだろう。それが今回の視察の件で溢れてしまったのだ。

間違っても視察は遊びではない。婚約者ならまだしも、そうではない女性を伴うことで、殿下が……ひいては王家がどのように見られるのか。

その意味を、殿下は考えていらっしゃらない。

殿下達を迎え入れるため、数々の手配のために領民の時間やお金を遣うことも。その領民達の生活のために、領主が日々いかに尽力しているかも。

殿下はもう王族であるご自分が、どれだけ周りに影響を与えるのかすら、考えることを止めてしまったのか……。

彼は将来、王となる者の誇りすら失ってしまったのか……。

こんな人のために……と思うと、涙が止まらなかった。私は何のために頑張らなければならないのか、完全に見失ってしまった。


私の存在価値は何なのだろう。

私は何のために耐え、何のために頑張ってきたのだろう。

私は、自分自身が分からなくなった。


殿下が出発した翌朝、目が覚めた時は涙も出なかった。

私を孤立させることで優位に立ち、愛はなく、将来の伴侶としても尊重してもくれないと分かっている相手を、どうやって敬えばいいのだろう。

シンと静まり返る自室で、視線を下げ、広げた手のひらを見つめた。両手で顔を覆うと、手に伝わる自身の呼吸が温かくて、私は生きているということを実感する。

……しかし……生きているけれど、ただそれだけのことのように感じられた。生きる希望や目標がなくなったことは……なんと悲しくてむなしいのだろうと思った。

明るい未来も描けない気持ちのまま、王子妃が務まるとは到底思えなかった。


……婚約解消を願い出よう。


そもそもこの婚約は、王家が公爵家の後ろ盾を望んで結んだものだ。

ベルモンド公爵家は、反国王派だった貴族に対して武力ではなく、話し合いで場を収めた建国時の立役者として語り継がれている。貴族の間では公爵家の当主が支持する者が次の国王だと言われることもあるほどだ。

現当主である父も、次期当主となる三歳上の兄も、その歴史を重んじ、国のため王のため、そして領民のために尽力している。

兄は現在、前当主である祖父の元で鍛えられているため公爵邸にはいないが、定期的に手紙をくれるなど私の身を案じてくれている。

そんな家族が、ずっと殿下については憤りを覚えていることには気づいていた。学園内の話をしたことはないが、日に日に元気のなくなる私を心配していることも。しかし婚約解消は、幼い頃から王妃になるべく時間を費やしてきた私の努力をすべて無駄にすることになり、また私自身も何も言わないために決断をできない様子だった。

私も家族の期待に応えたかった。そして、これまでベルモンド公爵家が受け継いできた伝統と誇りを守りたかった。しかしもう、私の中で限界を迎えてしまった。

今回の件で父は殿下に見切りをつけただろう。私にももう、殿下に対しての気持ちは一切残っていない。

父の元へ向かおうと部屋を出た私に、来客があると引き止めたのは家令である。家令につれられ、私は応接室へと向かった。

その日、私を訪ねていらっしゃったのは、テオディール殿下の弟であるヴィクトール様だった。

第五話　私と彼と公爵家

ヴィクトール様は両親と私を前に、まず、兄であるテオディール殿下について話を始めた。

「兄がレティシオン嬢にしてきた仕打ちはすべて調べ上げました。特に私が留学してからのことは徹底的に情報を集め、こちらにまとめてあります」

ヴィクトール様がそう言って差し出したのは、数枚綴りの資料だった。裏返しに渡されたのは、私への配慮なのだろう。父はそれを受け取り、書類のすべてに目を通した。表情は普段の冷静な父だったけれど読み進めていくにつれ、書類を持つ手が震えていく。

これは……父の怒りなのだと思い、私は目を伏せる。

「……こんなことを、国王になるであろう者がしていたのか」

「おっしゃる通りです。王族としての威厳の欠片もない行動に、激しい憤りを覚えずにはいられませんでした。この件を含め、王家として正式にお詫びさせていただきたい」

「これは陛下も？」

「ええ、こちらを訪問する前にこの書類を渡し、話をしております」

「それで、陛下のご決断は？」

父の質問に、ヴィクトール様の眉間に深く皺が寄る。

「申し訳ございません。それはまだ聞いておりません。どうしてもレティシオン嬢を傷つけてきたことをお詫びしたくて、先んじて参りました。申し訳ございませんでした」

すっと立ち上がったヴィクトール様は私や両親に深く頭を下げた。

王族が臣下に頭を下げるなど、あってはならない。けれど彼は、このためにここに来てくださったのだ。それが伝わったからこそ、私も両親もその謝罪をしかと受け止めた。

少しの沈黙の後、父が頭を上げてくださいと言えば、殿下はその姿勢のまま、お願いがございます、と切り出した。

「どうか、兄との婚約解消を願い出ていただけないでしょうか？」

提案された内容に両親も私も驚いた。まさか王家の方からその話が出るとは思っていなかったからだ。言葉を失った私達に、ヴィクトール様はゆっくりと顔を上げる。

そんな彼の瞳は少しの揺らぎもなく、真っ直ぐに私へと向けられていた。

「兄との婚約を解消した後、レティシオン嬢には私と婚約をしていただきたい」


私はもう、何が何だか分からなかった。

混乱する私を置き去りにして、両親とヴィクトール様の話し合いが始まった。

父はまず、なぜヴィクトール様がこのような提案をするに至ったかを教えてほしい、と告げた。

ヴィクトール様は一つ頷いて、私がヴィクトール様の初恋の相手であり、今の自分があるのは、私が努力する姿を見てきたからだとおっしゃった。

それに対し、父も母も少なからず彼の気持ちに気づいていたところはあったような反応を返す。

「殿下が婚約者を作らないのは、娘のせいですね？」

「せい、だなんておっしゃらないでください。私が勝手にしたことです。彼女以上の女性に、私は出会えませんでしたし、これから先も出会えないと思っています」

ヴィクトール様が苦笑しながら首を振った。その表情と声色に、彼の諦めが滲んでいるように思った。

「それは娘の容姿だけではありませんか？　容姿につられて、第一王子殿下と婚約しているにもかかわらず声をかけてきた者は過去少なからずいました」

「レティシオン嬢が美しいということには同意します。隣国でも彼女より美しい女性は見たことがありません。確かに私は彼女に一目惚れ（ひとめぼ）をしましたが、今まで想い続けたのは、彼女の内面の美しさと強さに惹（ひ）かれたからです」

「内面、ですか」

「ええ。私はレティシオン嬢が驕（おご）ったり慢心したりする姿を見たことがありません。それに兄がどんな態度を取っても、彼女は王太子妃になるため未来の王妃となるために耐え忍び、尽力してくれていた。何をすれば民が喜ぶのか、民のために何ができるかをいつも考えていた。彼女以上に王妃に相応しい女性はいないと、私をはじめ、王城内の誰しもが思っています」

両親はヴィクトール様の言葉を受け止めると、また一つ、質問をする。

「我が家の……公爵家の後ろ盾のため、ではありませんかな？　貴族である以上、政略結婚であることはもちろん我々も娘も承知しております。しかし、心を伴わない政略結婚であったというのに、娘は追い詰められてしまった。一人の父親として不甲斐(ふがい)なく思うと同時に、これ以上、見過ごすことはできません。我が家の後ろ盾のみを望まれるのであれば、先にそれを宣言いただきたい。そうすれば娘も期待することなく、我々もそれ相応の対応をいたします」

テオディール殿下との婚約も政略結婚であり、お互いに承知の事実だった。そう考えるとテオディール殿下は王太子になるという意志が強かったため、我が家を切るべきではないと判断していたのかもしれない。だからどれだけ強く私に当たろうとも、婚約解消という手段は選ばなかったのだろうか……考えたところで答えは出ないのだけど。

ヴィクトール様は……父の質問に何と答えるだろう。私は、自身の口元に力を入れる。何と言われようと、ここで口を挟むべきではないと思ったからだ。

「……王位を求める者なら誰しもが、ベルモンド公爵家の後ろ盾を欲するでしょう。そしてそれは、今の私にも言えることです。私は兄から王太子の座を奪い、この国の王太子となります。ですから、公爵家の後ろ盾が欲しくないと言えば嘘になります。しかし後ろ盾がなくとも、私が生涯愛し、妻に望むのはレティシオン嬢だけです」

力強い言葉に、私は思わず小さく息を吐き出していた。

「我が家の後ろ盾なく、国を治めることができると？　貴族社会はそう甘いものではありませんよ」

「ええ、承知しております。けれどこればかりは私も譲れません。私が妻に望むのはレティシオン嬢だけです。ですから……公爵家としてではなく、レティシオン嬢のご両親として、私をお認めいただきたい」

ヴィクトール様はそう言って、より一層姿勢を正し、両親へと向き合った。

「王子としてではなく、一人の男として、レティシオン・ベルモンド嬢を我が妻に望みます。私は若輩者ではありますが、絶対に、レティシオン嬢だけを愛すると誓います。あなた方が大切に育ててきたご令嬢を、私も愛することをお許しください」

そう言い切った後、ヴィクトール様は再び両親に深く頭を下げた。

これは、彼が私のためにだけ、頭を下げたということで。これまでの王家からの謝罪とは異なるものだ。私は彼にここまでしていただくような立派な人間ではないのに。

「ヴィクトール様、なりません。そのようなこと……」

「レティシオン、お前は少し黙っていなさい」

「お父様、ですが！」

「レティシオン、ここはお父様にお任せしましょう」

母がやんわりと私を止める。

「殿下、お顔を上げてください。私どもとしては、今すぐにお答えすることはできません」

頭を下げたままのヴィクトール様がピクリと肩を揺らす。私は隣に座る母に肩を抱かれ、その様子を固唾を呑んで見ていることしかできなかった。

「……お答えいただけない理由を尋ねても？」

「もちろんです。是非ともお聞き願いたい。ですからお顔を上げてください」

父に促され、ヴィクトール様は眉間に皺を寄せた表情のまま顔を上げる。こんなにも悲痛な面持ちの彼を、初めて見たかもしれない。

「ヴィクトール殿下、私としてはかねてよりヴィクトール殿下こそが王太子に相応しいと考えておりました。それは、これまでの実績や貢献度を見ても歴然としております。現時点で私がヴィクトール殿下を王太子として推薦すると言って、それに反対する貴族は少ないと思います」

幼い頃から優秀だと名高かったヴィクトール様は臣下からの信頼も厚い。今回の視察によってテオディール殿下は信頼を失ってしまった。もう彼をかばう臣下はいないだろう。それは、塞ぎ込んでいる私にすら分かることだった。

「そして娘の婚約者……いや、夫として殿下を認められるかどうかですが……」

父がヴィクトール様から私に視線を移す。その表情は、優しくも少し悲しげに映る。

「娘の幸せを願う親であれば、娘が望む者を伴侶にと思うのが自然でしょう。私どもは、娘の幸せは王妃になってこそ叶えられると思っておりました。それこそ大きな間違いであり、娘をこのように追い詰めてしまった原因です。娘が言ってこないのならば静観すべきだとしたために……

このようなことになってしまいました。もっと早く辛い状況から解放してあげられたのに、と悔やんでも悔やみきれません」

こんなにも悲しみや怒りを表に出す父は見たことがない。

「すまなかった、レティシオン。お前にばかり、辛い思いをさせてしまった」

父に謝られて、母からは、辛い思いをさせてごめんなさい、頑張ってくれてありがとう、と言われて抱きしめられる。私は二人からの謝罪を必死に否定した。

「違う……違いますわ、お父様、お母様。皆が私を心配してくれていたのは、分かっていたのに……言えずにいたのは私です。踏み出す勇気がなく……王妃になるという目標を失ってしまうことが……恐くて、言えなかった私が……」

私が弱かったからだ。皆に謝られるような方法ではなく、もっと他に方法はあったかもしれないのに。

後悔と反省が押し寄せてきて、私は自身の手を強く握る。情けない、自分のことをそう強く思った。

「レティシオン、お前はまだ、王妃になりたいと思うかい？」

「……王妃、に……」

私は……どうしたいだろう。今までは王妃になるべく、耐えてきたこともあったけれど。

……今は？

父の質問にすぐには答えられず、私は母の腕の中で俯いてしまう。

「いいんだよ、レティシオン。今すぐに答えを出さなくていい。お前のその答えを、私からの殿下への回答としよう。ヴィクトール殿下……この回答は、王家をお支えする公爵として間違った選択であることは重々承知しております。しかし、娘の伴侶には娘の望む者を。それだけが我々の願いです」

父が立ち上がると、母も私から離れ、父の横に立つ。

二人は頭を下げて、ヴィクトール様への願いを口にした。

「どうか殿下、娘を望むのならば私どもではなく、娘にそのお気持ちをお伝えください。娘が殿下の伴侶にと自身の未来を望むのならば、我々は心より殿下をお支えいたします」

「……ありがとうございます。誠心誠意、お嬢様には私の気持ちをお伝えします」

両親が頭を上げると、ヴィクトール様はまた一礼をする。

そうして彼は、姿勢を正して私へと向き直る。

「レティシオン嬢、少し、俺の話を聞いてくれるか?」

「……もちろんですわ、ヴィクトール様」

両親は静かに退出し、私はヴィクトール様と二人きりで向かい合う。

それからヴィクトール様はご自身の話をしてくださった。

ヴィクトール様は幼い頃、私に一目惚れをしたが、未来の王妃となるために奮闘する私の邪魔をすべきではないと自身に言い聞かせてきたという。

少しでも私を支え、守れる人間になりたいと王子教育にも剣の稽古にも打ち込み、テオディール殿下よりも優秀であればいつか私を婚約者にできるかもしれない……いや、何を愚かなことを、と何度も希望を持っては否定してきた。

成長し、隣国への留学の話が出た時も、私への想いは残ったままだった。

しかし留学のことを悩んでいた時期に、私に王妃になりたいか尋ねたことがあった。その問いに私は迷わずに王妃になるという決意を口にしたという。

それを聞いて彼は自身の想いを断ち切ると決めたそうだ。

自分が目指すべきは、賢王ではなく闘神なのだと……

ちょうどその頃、周りからの婚約者へのアピールが激しくなったことへの煩わしさもあった。

隣国は王家騎士団が強固で有名だったこともあり、心機一転になるかと留学を決められた。

結果、隣国のことだけでなく周辺国も含めた様々な知識や考え方を学べたし、剣の腕も自身が思っていたよりずっと伸ばすことができた。しかし私への想いは膨れ上がる一方でどうしようもなかったと、ヴィクトール様は苦しそうに笑った。

ありえないとは思いながらも、私を妻に娶れた時のために隣国にツテも作った。いざとなったら国外逃亡だってできるようにした。

すべて無駄になると分かっていながら、諦めたいのに諦められず、そんな想いを抱えたまま帰国された。そして……

帰国後、偶然王城で私を見た彼は、愕然(がくぜん)としたそうだ。

あれほど美しかったレティシオンが、萎れた花のように表情を失い、今にも倒れそうな姿になってしまっていたからだ。

彼はすぐに自分が留学中だった間の私について調査し、そこで殿下や男爵令嬢、周囲との関係、そして私を取り巻く環境を知った。

「怒りでどうにかなりそうだった。すべてを壊してやろうかと思った」

ヴィクトール様は怒っていながらも、ひどく悲しくて泣きそうな、そんな表情をしていた。

「許せなかったのは兄上ではない。自分自身だ。あなたが辛い時、俺はあなたへの想いから逃げ出し、自分だけ楽な道を選んだ。あなたを守るために力をつけたのに、何もできなかった……一人にして、本当にすまなかった」

隣国では私を忘れなければと、私に関する情報は敢えて遮断していたという。

それなのに、私を妻にするための準備はして……ちぐはぐな自分の滑稽さと愚かさに自分自身をぶん殴りたくなった、と彼は言った。

しかしそんなことをしても何も解決しない。

後悔ならばこれから一生し続ける。だからもう我慢などせず、私の幸せを叶えるためにだけ行動すると決めた。ヴィクトール様は席を立ち、私の前へと跪くと私を見上げた。

「あなたをこんな状況に置いたのは俺だ。俺がそばにいて守らなければならなかったのに。俺にしか、できないことだったのに。だから許してほしいとは思わない。どうか俺を振り回してほしい。レティシオン嬢、あなたの望むこと、やりたいこと、願ったこと……それらすべてを俺に叶えさせてほしい。どうか俺にあなたのために、あなたのそばで行動する許可を与えてくれ」

真っ直ぐに見つめられ、一国の王子に膝をつかれながらの熱烈な告白に、私の瞳からは静かに涙が流れていた。

ほんの数日前に帰ってきた彼が、ここまで調べてくれたこと。きっと寝ずに、どう対応すべきかを考えてくれたことは、目の下の隈が物語っている。

隣国にいる間も私を忘れられなかったと、私との未来を思い描いて動いてくれていたこと。

ヴィクトール様の言葉や行動は、テオディール殿下から蔑ろにされていた私の心を救うには十分なものだった。もう私は一人じゃないのだと思えた。私の中で溢れだしそうになる想いがあったけれど……それよりもこんなにも私のために行動してくれる彼に言わなければならないことがあった。

「……ありがとうございます、ヴィクトール様。こんなにも想っていただいていたこと、大変嬉しく思います」

涙を流したまま、私も彼を見つめ返す。お礼を言うと、ヴィクトール様の目尻が嬉しそうに細められる。

「ですが……」

次に続く言葉を発しようとすると、ヴィクトール様の目に力が込もる。まるで一言一句、私の言葉を聞き逃さず、私の反応を見逃さないといった彼の意志が感じられるようだった。

「どうか、まずはゆっくりと体を休められてください。目の下に隈ができておりますわ。帰国されたばかりで、ヴィクトール様ご自身が体調を崩されてはいけません」

私の言葉は予想外だったようで、彼はパチパチと何度か瞬きをして……そうして我が家に来てから初めて肩の力が抜けたかのように笑った。

「あなたといられるなら、体調なんてすぐに良くなります……と言いたいところですが。そうですね、あなたに心配をかけているうちは、一人前だとは言えないでしょう。気をつけます」

「ちゃんと眠ってくださいませ。こんなにも隈があるお顔は初めて見ました」

「ああ、約束します。体調は万全にしますから。俺をあなたのおそばにおいてください」

「私こそ……このようなことになってしまった私ですが……あなた様と共に過ごすことをお許しいただけるのですか?」

ヴィクトール様は微笑むと、私の片手を取り、手の甲へと口づけを落とす。

「俺はそれを心から望んでいます」

強く優しく握られた手にまた涙を流すと、ヴィクトール様は空いている方の手でそっとそれを拭ってくれた。

よろしくお願い申し上げます、と答えた私を、彼は深い愛情を込めた眼差しで見つめて返してくださるのだった。


父も今回のテオディール殿下の行動はさすがに目に余ると思っていたようだ。しかも今回だけでなく、長年、私への婚約者としての対応にも憤りや不信感が蓄積されていて、私の意志を確認した後、ヴィクトール様がいらっしゃらなくとも陛下の元へと婚約解消の手続きをしに行くつもりだったそうだ。

話し合いを終え、父はヴィクトール様とともに王城へと向かった。

そしてその場で、テオディール殿下とは婚約を解消し、ヴィクトール様と私の婚約を結び直すことが決まった。

「愚息がレティシオンへと与えた仕打ちはそう易易と許せるものでもないだろう。ヴィクトールから報告は受けている。あれを諫めることができなかったのは私の責任だ。そこで、ヴィクトールが十八を迎え次第、ヴィクトールを我が国の王太子とする。テオディールは、時期を見て王位継承権の剝奪と除籍処分とする方向で話をしている。これで少しは溜飲を下げることにはならんか?」

「陛下のご英断に感謝申し上げます。我がベルモンド公爵家は、ヴィクトール殿下こそ王太子に相応しく、娘の婚約者としても信頼できるお方だと思っております」

「国王陛下、ベルモンド公爵閣下。必ずやお二人のご期待に応えられるよう精進してまいります」

三人での話し合いは、そのように進んだという。


陛下との謁見が終わり、父はヴィクトール様と二人きりで話をしたいと申し出て、ヴィクトール様の執務室にて人払いがされた状態でその話し合いは行われた。

「ヴィクトール殿下、この度は帰国して間もないというのに娘のためにご尽力いただきありがとうございました。私どもがそばにいながら、娘を追い込んでしまったことを猛省しております」

「私もです、ベルモンド公爵。もっと早く……もっと早く、私が決意し行動を起こしていれば良かったのだと何度も思いました。そうすればレティシオン嬢をこんなにも傷つけずにすんだのではないかと……」

「娘を守りたい男が二人もいながら情けないことです。ですから……私は今後、娘に我慢をしてほしくない」

父はきっぱりと告げた。それは公爵家当主ではなく、一人の父としての言葉だった。

「殿下、無礼を承知で申し上げます。今後、殿下との婚約を続けるにあたり、二つ、私と約束をしていただけないでしょうか？」

「何でもおっしゃってください。レティシオン嬢を幸せにするためならば、私は何でもします」

迷いなくそう答えたヴィクトール様に、父は小さく首を振った。

「なりませんよ、殿下。いくら娘が大切だとしても、未来の国王ともなるお方が条件も聞かずに了承するなどと。国を揺るがすことであればどうするのです」

「ベルモンド公爵はそのような無茶を申すお方ではないという信頼はありますが……最悪の場合、国を揺るがしてでもレティシオン嬢を私のものにしようとすら思っておりました。結果として正当な手段で婚約者という立場になれて良かったと思っています。ですから、何を言われようとも私は頷く以外のことをするつもりはありません」

「そうですか……。そんなにも、娘をお想いならば、お約束いただけるでしょう」
一、を示すように父は人差し指を天に向ける。
「一つ目は、娘が今後、心から殿下を望まなければこの婚約を解消すること」

次に父は中指も立て、二を表す。

「二つ目は、婚約解消となった場合、王家の有責を認めて二度と娘とは関わりを持たないこと。その場合、娘にとってはこの国にいること自体が辛いこととなるでしょうから……我々と共に国を出ることも検討します。爵位は息子が引き継ぎますので、そこについての心配はいりません」

父は手を下げて、後ろで両手を組んだ。そしてヴィクトール様を真っ直ぐに見据える。

「ヴィクトール殿下、この二つをお約束くださいますか？」

「……つまり、レティシオン嬢が私を心から望んでくれることが、婚約の条件だと」

「その通りです」

頷いた父にヴィクトール殿下は一度目を閉じ……その目を開いた時には、決意を込めた眼差しで答えを口にした。

「約束を受け入れます。その約束が実現されることがないよう、誠心誠意、お嬢様には私の想いを伝えていきたいと思います」

強い言葉は、彼の本心であると十分に伝わるものだった。父は満足そうに微笑むと、今後に向けた話へと流れを変える。

「想いを伝えるのは、殿下には殿下のやり方があるでしょう。私どもも可能な限り、殿下に協力いたします。もしも我が家へお越しになられるのであれば、事前のご連絡は不要です。殿下のご都合の良い時間にお越しください。使用人にもそのように伝えておきます」

「ありがとうございます。毎日伺いたいと思っていますので、使用人の方には私のことは気にしなくていいとお伝えください。何をしても何を言っても、逆に何もせずとも不敬には問いません」

「承知いたしました。皆にはそのように伝えておきます。また少しでも早く、娘の愛らしい笑顔が見られるように、私どももこれからはもっと娘と話をしていきたいと思います。殿下も何かありましたらいつでも私どもへお声がけください」

右手を差し出した父に、ヴィクトール様は同じように右手を出して、二人は固い握手を交わした。
父はヴィクトール様に大いなる期待を寄せて、この条件をつけたのだろう。
ヴィクトール様の情熱が私を明るい未来へと導いてくれることを。そして……私が幼い頃に蓋をした、小さな小さな恋心を言葉に出せるようになることを。

私の初恋……それは決して口に出してはならないものだった。

初めてお会いした時は、真っ赤な瞳と髪の毛が印象的で、その色に負けない炎を心に宿したような強い眼差しの少年だと思った。私よりも一つ歳下の義理の弟となるヴィクトール様……彼はどんな時にも挫けず、常に上を目指すお方だった。

……一目で恋に落ちたわけではない。それは緩やかに、しかし着実に私の中で形を成していった。

婚約をしてからの私は、将来、王妃となるための教養を身につけ、王となるテオディール殿下のお役に立ちたいと思っていた。殿下への明確な恋心はなかったけれど、成長すればお慕いできるようになるだろうと考えていた。

テオディール殿下も十分に努力をされていたけれど、ヴィクトール様が王子教育で学ぶ範囲も殿下を追い越すのでは、と言われるようになるまでにそう時間はかからなかった。

ヴィクトール様の評判を聞く度に、私も負けまいと何事にも意欲的に取り組んだ。彼とは会う度にお互いを励まし合い、それが私の活力の源にもなっていたのである。

けれどヴィクトール様の成長がテオディール殿下のプライドを傷つける要因の一つになってしまった。王子教育以外に剣技において、ヴィクトール様は殿下よりも強く、打ち合いをすれば負けることも多かった。自ら志願して騎士団で鍛錬を受けていたヴィクトール様は、騎士団内でも高評価を得ており、その評判も殿下の耳に入っていたのだと思う。

そして私が王子妃教育により感情をコントロールするようになったことで、テオディール殿下の苛立ちは増してしまう。彼のやり場のないくすぶった怒りは、私への態度として出てくるようになった。日を追うごとに、どんどん冷たい態度になるテオディール殿下に対し、私は言葉に出せない悲しみや憤りを覚えることもあった。

しかしそんな時に決まって私に声をかけてくださったのは、ヴィクトール様だ。

「いつも頑張っておられますね。日に日に立派な王妃に近付いておられる。俺もレティシオン様のように努力できる人間になりたいです」

真っ直ぐで柔らかな眼差しとともにかけられる温かな言葉で私はまだ頑張れると思えた。テオディール殿下との対比でそう思ってしまっているのでは、と考えたこともあったが、ヴィクトール様はいつだって私と真摯に向き合い、励まし、私を高めてくださっている。

いつしかヴィクトール様が私の心の支えとなっていたのだ。

それに気づいたところで、この気持ちは絶対に秘密にしておかなければならないということは痛いほど分かっていた。

私はいずれ王妃となる。それを変えることはできない。ヴィクトール様が好きだから、王妃になることをやめるなどといえば、きっとヴィクトール様を失望させる。それにこれまでに私へと施された教育や、向けられた期待を裏切るようなことは絶対にしてはいけないと思った。

そんな無責任なことをして、幸せになどなれはしない。

ベルモンド公爵家の娘として生まれてきた私にしかできないことがある。それが、王妃になることだと思うから。

だから私は自分の気持ちに蓋をした。この蓋を開けるのは、この命が尽きてしまってからにするのだと、心に誓って。

第六話　私の世界の変化

婚約が決まってから、ヴィクトール様は多忙にもかかわらず、本当に毎日、公爵邸を訪ねて私のお話し相手をしてくださった。第二王子としての執務や新たな王太子教育、騎士団での剣の稽古。そして学園にも通われ始めたために授業へも出席しながらである。

本人は口にしていないが、私がしていたテオディール殿下の執務も、彼が受け持つようになったのだと思う。私は一切、殿下に関わることをしなくて良くなったので。

どうしてもヴィクトール様が執務などで遅くなってしまう時も、一目だけでも俺が会いたいから、と言って私に会いに来てくださった。迎え入れた時の彼の笑顔が何よりの癒やしとなり、帰る間際の寂しそうな表情に私も同じように寂しさを感じていることに気づくのはすぐだった。

そしてヴィクトール様は様々な手土産を持って訪ねてこられた。

花束や焼き菓子(かし)の時もあれば、私の髪によく似合うと思って、と可愛らしいリボンを渡された日もあった。彼との会話の中で私が読んでみたい、とポツリと零した恋愛小説まで、自らの足で買いに行き、プレゼントしてくださった。

私の言葉を拾って、あなたは美しい、あなたには笑ってほしいと、いつも寄り添い励ましてくれる彼に、私からも話をすることが増えた。

上手く笑えているのかは分からなかった。けれどもっと笑えるようになれば、ヴィクトール様は喜んでくださると思えた。

私も彼を喜ばせるようなことができるなら、それをしたい。私ばかり受け取るのではなく、少しずつでも、返していきたい。それは家族にだってそうだった。


そう思ったら、笑いたいと、自然に思えたのだ。


ヴィクトール様と時間を過ごすようになって、少しずつ鏡を見ることへの恐怖心も薄れてきていた。

ある日、鏡を見た際にそれまで人形のようにしか見えなかった自分の瞳に光が灯っているように見えて……思わず私は泣いてしまった。

これが希望の光なのだと……ヴィクトール様が私に与えてくれた光なのだと思った。

それから私は、自分が何を好きだと感じていたのか、何をしたくて、どうなりたいのかを考えるようになった。自分自身と向き合い、これからの自分を考えていきたいと思えるようになった。


私がヴィクトール様からいただいた恋愛小説を読む隣で、ヴィクトール様は私の部屋にあった隣国の歴史書を読む。こっそりと持っていたその本を見つけられた時は思わず誤魔化(ごまか)してしまったけれど、彼の留学先のことが知りたくて購入してしまったものだ。

読み込んだ形跡の残る本を手に取られるとどこか恥ずかしい。けれどヴィクトール様はその理由を聞かずにいてくれて、私に小説の感想を求める。ヒロインに共感したことや、恋敵がいるからこそ物語は面白いのだと当たり障りのないことしか言えなかったけれど、ヴィクトール様は嬉しそうにその感想を聞いてくださった。

「悪役令嬢だなんて、まるで私は物語の中の人物のようね」

小説を読み終えた私が例の手紙を手に持ち、ポツリと呟いた言葉を拾われると、

「確かにその美しさは現実離れしているな」

なんてことを言われてしまった。

「そんなことはございませんわ」

「いいや、ある。それに、あなたが悪役令嬢というのならもっと悪役らしく俺を振り回してくれないと」

まさか、こんなにも振り回しているではありませんか、と私も彼に言い返す。

「毎日来ていただくだけでなく、この小説やお花や髪飾りと……たくさんの物を贈っていただいておりますわ。これは振り回しているということにはなりませんの？」

「全部俺のしたいことだからな。小説だってレティシオンは読んでみたい、と言っただけで、欲しいとは言っていない。俺がレティシオンに似合うと思ったり、喜んでもらえるといいなと思ったものを持ってきているだけだ」

「……それならば、もう贈り物は十分いただきました。これからはお気持ちだけにしてくださいませ。ヴィクトール様に来ていただけるだけで、私はとても嬉しいのですから」

「そう言われると……困るな。俺から選ぶ楽しみを奪うとは何とも悪いことを言う、とも思うのだが……。俺がいれば良いというのは……うん……嬉しい」

ヴィクトール様は、今後はタイミングが合う時にだけ持ってくるようにしよう、と答えたので、くれぐれもタイミングを無理にお作りにならないように、と釘を差しておいた。

善処する、という言葉に思わず笑ってしまった。

窓に映る彼の横顔をとても美しいと思ったことを覚えている。


こんな日々が続くと、彼の多忙な毎日通っていただくのはやはり体調面が心配になり、ここまでしてくださらなくても、と言ってみた。しかし、

「俺があなたに会えなければやる気が出ないんだ。迷惑でなければ少しでも会いたいと思ってしまうのだが……遅くなるのは悪かったな。今度からはもう少し早く……」

と、スケジュールの前倒しを試みようとされてしまった。それでは本末転倒だと慌てて止める。

「十分ですわ！　これ以上、私を優先してしまっては、ヴィクトール様のお体に障ります。私はいつになろうと迷惑だなんて思いません。ですからご無理をせず、お越しいただける時間でお願いしたいのです」

「俺の心配をしてくれていたんだな、ありがとう。俺の体調は万全だからそんなに心配しないでくれ」

そう言って微笑む彼に、ここ最近、考えていたことを口にする。

「ヴィクトール様、いつも私ばかりが物をいただいたり、時間を合わせていただく一方なので、私にも何かできることはありませんか？　ヴィクトール様のお役に立てるようなことができるかは分かりませんが……」

私の言葉に彼は少し悩むように天井へと目線を上げ、また私へと向き直る。

「そうだな……。それなら俺は、あなたの口からレティシオン自身を褒める言葉が聞きたい。手始めに……私は美しいと言ってみようか」

と言われ、自分から言い出した手前、引くこともできず……恥ずかしがりながら、私は美しいと言ってみた。

音として自分の声で、自分の耳に届いた言葉はやはり羞恥を煽るものだったけれど、ヴィクトール様はとても満足そうに微笑まれた。

「その通りだ。本音を言うなら、むやみやたらに笑顔を振り撒かないでほしい。あまりにも可愛いから、皆があなたに惚れてしまう。レティシオンに惚れるのは俺だけでいいんだ」

だから心から笑うのは俺の前だけでもいい、なんて無茶なことを言われてしまった。それはまるで子供のわがままのようで、少しだけ、可愛らしいと思ってしまった。

「もしかして……それが言いたくて私に自分を褒めろと？」

「半分正解で、半分不正解だ。本音は今の通りだが、あなたに自信を取り戻してほしいとも思っている。それはきっと自分自身を認めて褒めることから始まると思うんだ。分かりやすいものがあなたのその美しさだったから、まず始めに、な？」

でもやっぱり、一番の笑顔は俺にだけ……と続いて、私は思わず噴き出した。

はしたなくも声を出して笑った私に、ヴィクトール様は目を潤ませて、優しい眼差しで見つめ返してくれた。

「レティシオン、あなたは俺にとっての女神だ。昔からずっと、あなたの笑顔に俺は励まされてきたんだ。だからどうか、自分を褒めてあげてほしい。俺のためにも、お願いしたい」

彼の言葉は、私の中にスウッと染み込み、溶けていった。

ヴィクトール様と交流するようになってからは、侍女達も彼と一緒に私を励ましてくれた。彼女達も私の変化に気を揉んでくれていたと知って、皆に心配をかけてしまったことを謝った。

すると皆からは、自分達こそレティお嬢様をお助けできずに申し訳ございませんでした、と謝られてしまい、いかに自分の視野が狭まっていたのかと思って反省もした。しかしそれ以上に嬉しくて、伝えたいことがたくさん溢れてきて、私は侍女達へと向かい合う。

それからはお互いに謝罪が続いたけれど、これからはもっとたくさんお話しをしましょう、というところで落ち着いた。ヴィクトール様からも、彼女達も是非一緒に、とのお言葉をいただいたので、手が空いている侍女は私達と共にお茶会をして皆でお菓子を食べながら笑い合う、とても素敵な時間となった。

元気を取り戻してきた私に、ヴィクトール様は外に出てやってみたいことはないかと尋ねてきた。

私の王子妃教育はすでに十分なレベルに達しているという教育係の言質を取ってきたヴィクトール様。そのおかげで私は約十年振りにゆったりとした時間を過ごすことができ、改めて外の世界へと目を向けるようになった。

友人が作れず人と話す機会を持てなかったと言えば、父の領地視察について行けばどうかと提案してくれた。公爵領の領民は皆、あなたと話したいと望んでいるはずだ、と。

その言葉通り、領民の皆は私にたくさんのお話しを聞かせてくれた。ずっとお話ししたかったです、と何人もが手を握って笑ってくれた。

両親の結婚の馴れ初めなども教えてもらい、父が照れくさそうに笑う姿を初めて見て、母にこっそりと報告した。可愛い人でしょう？　と微笑んだ母も、少女のように可愛らしかった。

二人のようにいくつになってもお互いを認め合える夫婦に憧れを抱いた。ずっと両親のことは好きで、尊敬もしていたけれど、私はここにきて初めて、自身がどんな夫婦になりたいのかと考えていることに気づいた。立派な王妃になりたい、ではなく、夫婦としてどうありたいか。私の隣には……ヴィクトール様がいてくれたらいいな、と思ったけれど、それはまだ口にしないでおいた。

考えるだけで心が温かくなる。理想の夫婦とは、どのようなものだろう。

ヴィクトール様と私は、どんな夫婦になれるだろう。それを考えることが、楽しみの一つとなった。

「次は孤児院にしよう。あなたは子供が好きだっただろう？　弟ばかり褒めて頭を撫でられるのが、いつも悔しかった。俺も可愛がってほしかった」

孤児院に向かう馬車の中。まさかヴィクトール様からそんな言葉が出てくるとは思わなくて、くすりと笑ってしまった。

ヴィクトール様は時折、子供のように拗ねる。いつもはかっこいいのに、その様子はとても可愛らしい。これは私だけが知る彼の一面で、二人だけの秘密の顔。

私が笑ったことで、ヴィクトール様はさらにこんなことをしてほしかったという話をして、二人して顔を見合わせて微笑んだ。

到着した孤児院では、小さな子供に本の読み聞かせをした後、一人の少女から文字の読み書きを教えてほしいとお願いされた。

彼女は文字の読み書きを覚え、自分で本を読んで調べたり、もらった教科書で勉強もしてみたいそうだ。そうしたらもっともっとやりたいことが見つかると思う、と熱意を持って話してくれた。騎士になりたいと願う少年もいた。

皆、それぞれに夢があり、それを叶えるために努力をしている姿に私は全力で応えたいと思った。彼らの夢こそ、私が……国を守る者が叶えなければならないものだとも思ったのだ。

「俺が剣を教えるから、あなたは読み書きを教えてあげてくれ。俺は字が汚いから向かないんだ」

「ええ、喜んで」

二手に分かれて教える中で、子供達は真剣に私の話を聞き、私の書く文字を真似た。正しい書き順を覚えましょうね。ペンの持ち方も大事よ。姿勢も気をつけて。そんな風に子供達には一つ一つ丁寧に教えることを心掛けた。

文字は書けても読んでもらえなければ意味がないの。読んでもらいたい人に向けて、気持ちを込めて書くといいわ、と言うと、皆、頷いてまた集中する。

その素直な姿勢に、私も心が洗われるようだった。

何度も練習して、自分の名前を上手く書けるようになった彼らが、次に書いたのはなんと私の名前だった。こんなにも真剣に教えてもらったのは初めてだったから、と一生懸命に書かれた自分の名前を見て、思わず涙ぐんでしまい、子供達から必死に慰められた。

外で剣を教えていたヴィクトール様も私の様子を聞いて急いで戻ってきて、一緒になって慰めてくださった。

しかし、お昼寝から起きてきた小さい子供達には、ヴィクトール様が私を泣かせたように見えたみたいで、

「にいちゃ、めっ！」

と、ヴィクトール様がお叱りを受けていた。彼は必死に謝って、その頃にはとっくに私の涙は引っ込み、子供達に弁解しながらも微笑ましくその様子を見守った。

皆が落ち着いてから、ヴィクトール様は子供達にこの国をどんな国にしたいのかを尋ねた。

ヴィクトール様は彼らの話を一切否定せず、どんな話でも耳を傾けておられた。実現できる可能性を模索し、自分も君達のためにできる限りのことをする。だから君達は、どんな時でも諦めないで努力を続けてほしい、とその場を締めた。


はずだった。


「レティシオンお姉さん、とってもきれいだから、ぼくのおよめさんになって」

「それはだめだ」

「えーなんで？　あきらめないでって言ったのはお兄さんだよ！」

「俺だってお姉さんに結婚してほしいとお願いしてるんだ。これだけはいくら君でも譲れない。

ここは諦めてくれ」

うそつきー！　と少年に言われて、ヴィクトール様はショックを受けながらも決して譲らなかった。子供達はそんな姿に大笑いをしていて、私もつられて笑った。

帰りの馬車の中、子供達に嘘つきと言われたことに落ち込んだから慰めてくれと言われ、ヴィクトール様の頭を撫でてみた。とてもとても嬉しそうな顔をして見つめてくるものだから、恥ずかしくなって頭から手を離してしまうと、

「離してはだめだ。レティの手は温かいから安心する。握っていてくれ」

と言って、私の手は彼の大きな手に握り込まれる。

「ヴィクトール様こそ、大きくて温かくて、私を安心させてくださる手をしていらっしゃるわ」

「そう言ってもらえるなら良かった。子供達やあなたのように柔らかな手をしていないからな」

「それだけ鍛錬を重ねてきた手ですもの。とても頼もしくて……私はずっと、この手を握ってみたかった」

そう言って、包み込まれるように握られていたのを、私も手を広げて彼の手を握り返す。

「どうか……この手を離さないでいてくださいませ」

「……ああ、もちろんだ」

俺もずっと手を握ってみたかった、と呟いたヴィクトール様と、邸に着くまで手を握り合ったままでいた。

ギュッと握ってみれば同じ強さで握り返され、見上げれば目が合って微笑まれ、そのことが嬉しくてまた涙が出そうになった。

この日から、ヴィクトール様は私をレティと呼ぶようになった。

――翌朝、鏡を見た私は自然と口元に笑みを浮かべている自分に気づき、自身の心境の変化に涙が溢れていた。

物語の英雄のように、暗闇の中にいた私を救い出してくれたヴィクトール様に愛され、幸せそうに微笑むレティシオンが鏡に映っていた。

その瞳には、温かくも美しい愛を宿しているように見えた。もう二度と人形のようだなんて思わないわ、と自信を持って言える。

こんなにも自分のことを美しい女性だと思えるなんて、一ヶ月前には想像もできなかった。

第七話　私からの初めてのお誘い

　ヴィクトール様も両親もお休みが重なった休日。朝から彼は我が家に来てくださり、午前中は私と過ごして、午後からは両親も交えて留学していた頃の話などをする予定になっていた。

　今日はゆっくり過ごせるということで、ヴィクトール様と隣同士でソファに座り、本を読んでいた時。私はなるべく緊張していることが伝わらないように、彼に声をかけた。

「ヴィクトール様……あの……。侍女が話題のカフェを教えてくれて……王都にあるのですが、どこかの休日にご一緒できませんか？」

　私の質問を聞き、固まったヴィクトール様の手から本が床に落ちた。かと思えばすぐさまその本は彼によって拾われ、机の上に置き直される。ヴィクトール様は驚くぐらいの真顔で、私は呆気にとられて数度の瞬きをしながら、その様子を首を上下させて動きを追うしかことしかできなかった。

　そしてヴィクトール様は勢いよく立ち上がると、真っ直ぐに私を見て矢継ぎ早に口を開いた。

「行こう。すぐに行こう。今から出よう。馬は俺が出す。レティは馬に乗れるか？　ああ、乗れなくてもいいんだ。俺がいる。はじめは少し恐いだろうが、そのうちすぐに楽しくなるし、俺に身を預けてくれていればいいから」

「お、落ち着いてください！　今からは無理ですわ」

「落ち着いてなどいられない。初デートなんだ！」

「デ……!?」

「夢を見ているみたいだ。まさかレティからデートに誘ってもらえるなんて」

「ヴィクトール様、とにかく一度、座ってくださいませ」

「無理だ。今すぐにでも叫び出したいし、駆け出したい。嬉しすぎる。公爵夫妻にも報告しよう。喜びを分かち合えると思うんだ。レティもそう思うだろう？」

「喜んでくれるとは思いますが、ヴィクトール様が落ち着いてくださらなければ、デートの計画も立てられませんわ」

「分かった。落ち着いた。もう大丈夫だ。いつにする？」

駆け出しかねない勢いで扉まで早足で進んでいたのに、デートの計画が立てられないという言葉に、すぐに踵(きびす)を返しソファに座り直したヴィクトール様。そんな彼の行動を見ていた侍女のうち、一人は噴き出して、もう一人は私達から目を逸(そ)らして肩を震わせていた。

私はここ最近で一番大きな声を出したのではないだろうか。あのやりとりだけで少し息が上がってしまっているぐらい、ヴィクトール様の勢いがすごかった。

ヴィクトール様のにこにことしたお顔はとても可愛らしく、座ってすぐに私の手を握り、その手をにぎにぎとしてくることから本当に楽しみだということが伝わってきた。そんな彼に誘った私までやけにわくわくとしてくるようだった。

私自身もしっかりと落ち着いてから興奮冷めやらぬヴィクトール様を宥め、具体的な日付や時間を話し合う。その途中、目を逸らして肩を震わせていた侍女がすっかりいつもの様子で、私達へと声をかけてきた。

「失礼いたします、ヴィクトール様、レティお嬢様。当日のお召し物の準備は、私どもにお任せいただけませんか?」

侍女は自身の胸に手を当てて、自信がありそうだった。

「服を? ああ、そうか。いつもの服だと、視察のようになってしまうな」

「はい。折角の機会ですので、訪問先に馴染むお召し物を私どもでご用意いたします。当日、殿下には客室にてお着替えいただき、玄関ホールでお待ち合わせにいたしましょう。そうすれば、よりデートという感じがいたしませんか?」

「それは名案だ! 服にはいくらかけても構わない。絶対に遠慮はするな。かかる費用はすべて俺が持つ。公爵にも俺から人員の協力をお願いしよう」

「お任せください!」

「早速今から打ち合わせだ。手が空いている侍女を集めてくれ。意見が聞きたい」

「かしこまりました!」

今度こそ部屋を飛び出していったヴィクトール様と一人の侍女。それを止めることはせず……

取り残された私ともう一人は、増えるであろう人員に向けて場所の準備をする。

準備中に侍女から、お嬢様が楽しそうで何よりです、と言われた。皆がいてくれるから、きっと今よりずっと楽しくなるわ、と言えば、侍女がお任せください！　と元気よく返してくれて、くすくすと二人で笑った。

結果、父にしっかりと許可をもらい、偶然にも手が空いていたという侍女を数人引き連れて二人は帰ってきた。そうしてヴィクトール様は侍女に囲まれて、デート用の私の服をどのようなデザインにするか真剣に話し合われた。

その間、私の右手はヴィクトール様に握られており、周りの侍女と目が合う度に微笑まれて少し気恥ずかしかった。


デート当日の朝、私を着替えさせていた侍女が頭を抱えていた。

「だめだわ……どう頑張っても町娘には見えない……。美しすぎる……」

「どうすればいいの……よくて伯爵令嬢ぐらいよ……？」

そこまで悩まなくても、と思っていると、そんな二人に助け船を出してくれたのは母だった。

「帽子をかぶせましょう。私の使っていたものがあるわ。あれならちょうどいいと思うの。ほら、レティの瞳と同じ色のリボンがついたものよ。持ってきてもらえるかしら？」

ウキウキと話す母に、侍女達は、さすが奥様！　と、言って急いで母の部屋へと帽子を取りに行って戻ってきた。

もしかすると、今回のお出掛けは母が提案したのかもしれないなと思いながら、手伝ってくれた皆へお礼を言った。

「あなたは今日、ベルモンド公爵家の娘ではないわ。ヴィルとデートを楽しむ娘、シオンよ。思う存分、楽しんでいらっしゃい」


そう言って母は優しく微笑んだ。

そうして母の貸してくれた帽子と、ヴィクトール様と侍女が用意してくれたワンピースを身に着けた私は、母のエスコートでヴィクトール様の元へと向かう。

玄関ホールで私と対面したヴィクトール様は、片手で目を覆って天を仰いだ。

「なぜだ……なぜこんなにも可愛くなるんだ……。いつもは美しいのに……頼む、もう少し帽子を目深に被ってくれ。手綱を持つ手が震えてしまう」

「……いやよ、ヴィルが見えなくなってしまうもの」

「あらあら」

「公爵夫人……俺はどうしたら……」

「大事にしてあげてくださいませ。何しろ、娘は初めてのデートですのよ。とびきり素敵な思い出にしていただかないと。レティシオンをお願いしますわね、ヴィル様」

母も自分のことのように楽しみにしてくれていることが伝わってくる口調だった。穏やかに微笑む母に、ヴィクトール様は大真面目な顔で頷き、力強く返事をする。

「ええ、何よりも大事にします。何があっても、無事にレティシオンお嬢様をこちらまで笑顔で送り届けます」


初めて二人で乗った馬も、頬を撫でる風の心地好さも、背中に感じるヴィクトール様のたくましさも、すべてに胸が高鳴って仕方なかった。

カフェに着けばお店の前は噂通り列を作っていて、二人で並んで話をしながら待つのもすごく楽しいことを知った。

お店に入って悩みながら、一番人気のメニューを頼む。ヴィクトール様は甘いものをたくさんは食べられないので、デザートは半分を私にくれた。

「はい、ヴィル。あーん」

小説の中にあった恋人同士の真似事をしたくなって、デザートのケーキをひとすくいしたスプーンを差し出す。唐突な私の行動に、ヴィクトール様はスプーンと私を交互に見た後で耳まで真っ赤になりながらパクリと食べてくださった。

「嫌だった?」

「まさか。またしてくれ。いつもしてほしい。今すぐでもいい」

矢継ぎ早に言われて笑ってしまう。もう一口もあーんをすると、ご馳走様でしたと満足気に返ってきた。初デートは彼の赤くなった頬が一番の思い出となった。

帰り際、お店のご主人に美味しかったです、とお伝えしたところ、

「お二人共、とっても絵になっていたから、周りのお客さんが手を止めてまで見惚れていましたよ。失礼ですが、恋人同士で？」

と、尋ねられた。

ヴィクトール様が口を開くよりも先に、私がそれに答える。

「いいえ、彼は私の婚約者です。私にはもったいないくらい、素敵な方ですわ。ね、ヴィル」

「……ええ、シオンは俺の自慢の婚約者です。こんなにも可憐な女性の婚約者でいられる自分は、この国で一番の幸福な男だと思っているんですよ」

「これはこれは！　どちらもごちそうさまです。お気に召していただけたなら、また是非、お越しください」

必ず、とお礼とご挨拶をしてカフェを出る。まだヴィルでいたい、という彼に私も賛同し、私達はそのまま王都の街並みを手を繋いで歩いた。

街はとても穏やかに時間が流れていた。なるべく目立たないようにと道の脇を歩いているが、どこからともなく人々の活気ある話し声や笑い声が聞こえてきて、心が温かくなる。

自分の心境の変化によって見えてくる景色は異なるのかもしれないが、少なくとも今耳に届く

音も見える街並みも、平穏であると感じられる。そもそも王子がこうやってお忍びで散歩ができるくらいなのだ。平和でなければ叶わないことだった。

「……今日は、ありがとうございました。単純な言葉になってしまうけれど……とても楽しかったわ」

「俺の方こそ。シオンが誘ってくれたから来られたんだ。あの店主にも約束をしたことだし、また来よう」

次の約束ができることを嬉しく思う。そしてその約束は破られないという確信も、私の中にはちゃんとあった。これをきっと、信頼と呼ぶのだろう。隣を見上げたら、私の視線に気づいたヴィクトール様もこちらに顔を向け、ずっとそこに映りたいと焦がれた赤い瞳が穏やかに私を見つめてくれる。

このお方と、ずっと一緒にいたい。この平穏で温かな国を、この方と共に支え、守っていきたい。

そうするためにも、私はもっと強くなりたい。自身の意志を口に出し、周りに伝えていきたい。変わりたい。変わらなければならない。いつまでも傷ついたからと足を止めていてはいけない。前に進まなければ。

そしていつか……またこうして手を繋いで歩きたい。その時はただの、夫婦として。

「ヴィル、今日は本当にありがとう。次のデートも私から誘うわ」

「いや、次は俺だ。君が気に入りそうな店をリサーチしておく」

「だめ。次も私」

ふふ、と笑う私に、ヴィクトール様はどう言い返そうかと悩んでいるようだ。こんなふうに、自分の気持ちや考えもどんどん口にしていこう。ヴィクトール様なら、すべてを受け止めてくれる。

「楽しみにしていてね」

街を歩いたのは少しの時間だったが、心から楽しい一時だった。


それから帰ってすぐ、私は父に彼との婚約を続けたい意思を伝えた。

「お父様、私はヴィクトール様と正式に婚約したいです」

私は、はっきりと父に告げる。

「ヴィクトール様が私との婚約を、とお話しに来てくださった日に、お父様が私に質問してきた答えを今、返します。私はこの国の王妃となり、ヴィクトール様をお支えすることに生涯を捧げます」

「それはレティシオン自身が決めたことだね?」

「はい。お父様とお母様、それに侍女の皆にも励ましてもらえたことで、私はまた前を向けるようになりました。ヴィクトール様の心からの愛情も感じられ……私も、あの方を想う気持ちに素直になりたいと思いました」

「そうか。それならば、私達は全身全霊で応援するだけだ。レティシオン、殿下にはお前から返事をするだろう？」

「……よろしいのですか？　お父様とヴィクトール様とのお約束でしたのに」

「ここで若人の邪魔をするようでは、お母様にも侍女にも睨まれてしまうからね」

父はにっこりと笑い、皆にも報告しなければね、と張り切っている様子だった。気恥ずかしく思いつつも、母や侍女達も喜んでくれるだろうと想像すると、自然と笑みが零れた。

その夜、夕食の席ではまるでお祝いの日のようなご馳走が並べられていた。

「あら、レティの婚約祝いと初デート成功のお祝いなのだから、このくらいはしなきゃね」

と、母にウインクされて、恥ずかしいような嬉しいような、複雑だけれど確かに心は華やいでいた。

第八話　私は悪役令嬢

デート翌日、ヴィクトール様がいらっしゃって早々に、お話しがしたいと庭園に誘い、侍女達には少し離れた場所で待っていてもらうようにした。

「ヴィクトール様、私の願うことはすべて、叶えてくださるのですよね？」

向かい合って問いかけた私に、ヴィクトール様は真っ直ぐに私を見つめて答えてくださった。

「ああ。どんな願い事でも叶える。たとえ時間がかかったとしても、絶対に」

揺らがない瞳に私が映る。

人形ではない……恋をして美しくなれた私が。

「それならば……私の初恋を、叶えてくださいませ」

「初……恋………」

「私はこれまで、そのお方にしかこのような恋情を抱いたことはありません。幼い頃に自覚した初恋……でも、私はこの気持ちに蓋をしなければなりませんでした。絶対にこれを口にしてはいけない、望んではいけないのだと……言い聞かせてきましたわ」

胸に手を当てる。呼び起こすように、当時の気持ちを思い出す。今とは違う、咎められると思って打ち明けられなかった気持ちを労わるように。

「だってそれは……婚約者として紹介された方の、弟君でしたから」

「おとうと……」

「ええ。真っ赤な髪とそれと同じ色の瞳をした、とても元気で意志の強い男の子が、私の初恋相手です」

「……赤い、髪」

「当時の婚約者が私に嫌悪感を抱いていったのは分かっておりましたわ。王子妃教育で常に理性的にならなければいけない私を嫌に思うようになったのでしょう。それは伝わっておりましたが……王城に行けば、初恋の相手に会える。『いつも頑張っておられますね。日に日に王妃に近付いておられる。俺もレティシオン様のように努力できる人間になりたいです』と、いつも私のことを認め、励ましてくれる彼に会えると……」

彼の両手を取り、自分の両手で包み込む。あなたのおかげで、今の私があるとお伝えできるように。

「王妃として国王陛下を支えられる人間にならなければと思いながらも、私の背中を押してくれるあなたに……振り向くことを許してほしいと願う気持ちを、必死に抑え込んでおりました」

指先が震える。

それはヴィクトール様にも伝わっているだろう。

「王妃になりたかったのは、周囲からの期待に応えたい気持ちももちろんありましたが……あなたに失望されたくないとも強く思っていました。前を向いて胸を張っていれば、きっとあなたは私を見ていてくれる。あなただけは、私を支えてくださると……。勝手ながら、思っていたのです」

いつもそばで優しい言葉をかけてくださった。辛くても悲しくても憤りがあったとしても、これで大丈夫なのだと、自分の行動は間違っていないのだと思えていた。

しかし…離れることが決まってから。私の世界は徐々に息苦しいだけのものとなってしまった。その時の気持ちを思い出すと……言葉に詰まる。この言葉を口にする日が来るなんて思わなかったから……緊張もあるのかもしれない。

「本当は……ヴィクトール様が留学すると聞いて、引き止めたかった。行かないでほしいと……そばで私を勇気づけてくださいと……ずっと……ずっと、願って……」

最後の言葉を告げるより先に、ヴィクトール様に抱き寄せられ、彼の広い胸に右の頬が触れていた。温かい。

この温度を、ずっとずっと、求めていた。心が震えるように、歓喜が全身を駆け巡る。

「……もう、遅いかもしれないが、その願いも叶えることはできるだろうか？」

「……ヴィクトール様にしか、叶えられませんわ」

「あなたの初恋も、そばにいてほしいという願いもすべて……すべて俺が叶える。誰にも譲らない、俺だけのものだ」

私も彼の背中に両手を回すと、彼の心臓の音が聞こえてくる。その音はすごく速い。

きっと私の鼓動も同じくらいに速いのだろう。私のも彼に伝わればいい。そうすれば、きっと私の想いも伝わるから。

「ヴィクトール様……心から、お慕い申しております。どうか私を、あなたの――」

「だめだ、レティ。そこから先は俺が言いたい」

両肩に手が置かれ、やんわりと体が離される。彼の温度を感じなくなっただけで寂しさを覚えるなんて……。

ヴィクトール様はニコリと笑うと、お召し物に土がつくことも気にせず、片膝をついて私を見上げた。

そして私の右手を取り、その甲へと口づける。

「レティシオン・ベルモンド様。どうか、このヴィクトール・シュヴランと結婚してください。俺の生涯をかけて、あなたを支え、守り、愛し抜くことを誓う」

「……光栄にございます、ヴィクトール・シュヴラン様。どうかこのレティシオン・ベルモンドを妻とし、おそばにおいてください」

「レティ、愛してる。あなただけを、ずっと愛し続ける。あなたが王妃でいてくれるなら、俺は必ず賢王となってみせよう」

「ヴィクトール様、私も、あなただけを愛しておりますわ。王となるあなたをお支えし、立派な王妃となれるよう、これから誠心誠意、努めてまいります」

すっと立ち上がったヴィクトール様は私を横抱きにして持ち上げると、そのままくるりと回った。まるで舞踏会で魅せるターンのように軽やかに。

「あなたをこんな風にこの手に抱けるなんて、夢みたいだ」

腰と膝裏を支えられて向かい合った状態で抱き上げられれば、いつもより視線が合いやすくなり、お互いに目を見て微笑み合う。

私は彼の首の裏から片手を回し、もう片方の手は肩へと置く。こんなに体同士が触れ合ったのは、先程の抱擁と今ぐらいなので、余計にドキドキとした。

「夢にしないでくださいませ。私はこんなにもドキドキしていては眠れませんもの」

「本当にな。俺もずっと心臓がうるさいぐらいだ。しかし……初恋と聞いて心臓が止まるかと思った。それだけは叶えられないから、どうしようかと」

「ふふ。悪役令嬢らしく、翻弄できたかしら？」

「見事にレティの手のひらの上だったんだな。こんなに愛らしい悪役令嬢がいては困りものだ」

拗ねたように唇を尖らせるヴィクトール様が可愛らしい。

こんな表情までしてくれるほど、彼は私に心を許しているのだと思うと、体中から喜びが溢れ出しそうだ。

「レティ、二人きりの時は、様、を外してくれ。すぐには無理でも慣れてほしい。それと、俺はあなたから呼ばれる俺の名前が好きだから、そのままヴィクトールと呼んでくれ」

「……ヴィクトール？」

「ああ。幸せすぎて夢みたいだ。レティは？　どうやって呼ばれるのが好ましい？」

「私はレティと呼ばれるのが嬉しいです。ずっと、レティシオン様、でしたから。より一層、近づけたのだと思えますわ」

「我慢してたんだ。実はこっそり一人で練習してた」

まぁ、と笑えば、頬に口づけをされる。

「レティ、あなたはずっと俺の憧れだった。どうかこれからも俺の元で美しく笑っていてくれ。そのためならば俺は何だってしてみせる」

耳元で告げられた言葉に、心臓が高鳴りすぎて目眩がした。

はしたないとは思いながらも、その首元にギュッと抱きつく。

返事より前に、ヴィクトールの顔が近づいてきたので私はそっと目を閉じた。

「ありがとう、ヴィクトール。愛しています。これからも、私を幸せにしてくださいませ」

少しだけ顎を上げるようにして、自ら望んで彼の唇を受け止める。

一瞬のうちに柔らかな唇が離れていき、目を開くと鼻と鼻が触れ合う距離で微笑まれ、見惚れていたら再度唇が重なった。今度はもう少し、その体温を感じるぐらいの時間だった。

うっとりとした私から静かに顔が離れていく。寂しさもあるが、心地の好い感情だった。

「もちろんあなたを幸せにすることが俺の望みだからな。何でも俺に言ってほしい」

ヴィクトールも蕩けるような笑みで私を見つめてくれる。彼のこんな表情を見られるのは私だけ。

「……覚悟してくださいね。悪役令嬢は恐ろしいのですよ？」

抱き着いた体勢から体を少し離し、じいっと顔を覗き込むようにすれば、レティ？　と首を傾げて私の名を呼ぶ。

とても可愛らしい仕草だと思いながら、そっと彼の頬に片手を添えて、反対の耳元へと顔を寄せる。

「ずっとずっと、私の恋心はあなただけに向けられていましたわ」

「……レティ」

「大好きよ、ヴィクトール。私からの初めても、もらってくださいませ」

その言葉を伝え、愛情をめいいっぱい込めて口づけをお返しした。これまでの感謝と共に、私が彼に寄せる想いをすべて乗せて。

唇を離した瞬間、なんとヴィクトールは私を抱きしめたまま勢いよく地面に座り込んだ。いや、これは腰が抜けたと言った方が正しいのかもしれない。

どすん、と音がして、私はいきなり変わった視界に驚く。

器用に私だけは地面につかないように抱かれているが、彼は尻もちをついた態勢になってしまった。

「ヴィクトール、大丈夫ですか!?」

私の心配も彼には届いているのかいないのか。

反応のないまま、しばし呆けた後――

ぎぎぎと音がしそうな程、不自然に私へと顔を向けたヴィクトールが一言。

「……もう一回頼む」

開口一番がそれかと、私は笑った。

「ええ、何度でも」

痛がる素振りがないことから彼はどこも怪我をしていないと判断し、膝立ちをして今度は頭の天辺に唇を寄せる。するとヴィクトールは私の胸に顔を埋めるようにして動かなくなってしまった。

その肩は、小さく震えていた。

私は彼の髪を撫で、頬擦りをして、時折また唇を寄せる。愛していますと言えば、愛してると返事がくる。これまで言えなかった愛の言葉を囁き合いながら、お互いを強く抱きしめていた。

愛おしい。温かい。大切にしたい。大好き。あなただけ。愛している。

私の中にある、すべての愛情を込めて。大事に大事に、震える愛しき人を抱きしめた。

しばらくすると、ヴィクトールが顔を上げる。その直後に、私達を遠くから見守っていた侍女達が大泣きしながら駆け寄ってきて、ヴィクトールや私を心配しながらも祝福の言葉をくれた。

その時にはいつもの頼れるヴィクトールのお顔をしていて、惚れ惚れするほどかっこよかった。

第九話　私の必殺技？

　復学は私から言い出したことだった。

「ヴィクトール、私、そろそろ学園へ戻ろうと思うのです」

　テオディール殿下が視察へと旅立たれてから二ヶ月が経とうとしていた。すでに彼らは帰ってきているということは父から教えてもらっていたが、殿下からは連絡の一つもなかった。

　殿下の出発の日から私は体調不良で学園をお休みしている。両親からそう勧められ、授業の内容は王子妃教育ですべて履修済みであったし、行ったところで誰とも話すことができないのであれば……と私も積極的に行きたいとは思っていなかったのだが。

　ヴィクトールが学園に通われているとなれば、少しばかり……いや、かなり、学園での彼を見てみたいという欲望が湧いてきた。

　これまで彼への想いは我慢しなければならないものであった反動だろうか。今の私はとにかくヴィクトールが好きすぎて、彼に関することならとても意欲的になっている。

　学園の制服は紺色を基調としたシンプルなデザインで、女性はワンピース、男性はブレザーだ。きっとヴィクトールの赤い髪は紺に映えるだろうし、彼のたくましさは制服の上からでも分かるだろう。

　絶対に、素敵に決まっている。

「……そうか」

「心配ですか？」

「そうだな。いくらでも根回しはできるが……してほしくはないんだろう？」

私が前向きに考えられるようになったことを喜んでくれているのが伝わってくるような口調だった。彼の問いかけに頷くと、そうだろうな、と呟かれる。

「戻ろうと思った理由は何かあるのか？」

「ヴィクトールの制服姿が見たくて」

「俺の制服姿を？」

「はい。我が邸に来られる時は制服姿ではありませんから、私はまだ一度も見たことがありませんの」

「確かにそうだが……そんな理由なのか？」

そんな、などと言うヴィクトールに、私は少し口調を強くする。

「ヴィクトールは、私の制服姿には興味はございませんの？」

「あるに決まっているだろう。絶対に可愛いんだから」

「それと同じです。ヴィクトールがあの制服を着ているところは、きっととても素敵だと思うのです。他の皆様が見ているのに、私が見ていないのも悔しいじゃないですか」

「確かにな。俺もレティと学園で会いたいとは思っていたんだ。じゃあ、昼は俺と食べよう。朝と帰りも馬車を出すから、一緒に行こう。そうすれば話す時間も取れる」

「お忙しいのに送迎に来ていただくなんて……お時間をかけてしまいますが、よろしいのですか？」

「俺にとっては褒美だからそうさせてくれ。しかしヴァンドールには黙っておかないと、馬車についてくると言い出しそうだな……」

そこで朝のお迎えの時間を決めた。お昼に関してはヴィクトールと私の教室の間で待ち合わせることにする。

「それとヴィクトール……私、学園での自分がどんな人間だと思われていたのか、知りたいのです」

その言葉にヴィクトールの眉がぴくりと動く。私は彼の手に、自分の手を重ねた。

「テオディール殿下が旅立たれた日、私は自分が何者なのか分からなくなりました。それより前から……鏡を見ても、人形のように自分が見えていたのです」

鏡を見れば、無表情でこちらを見ているレティシオンがいた。今の私からは考えられないが、あれも大切な私の過去だ。

「しかし、そんな私にヴィクトールが手を差し伸べてくださり、私は自分が何をしたいのか、何を望むのか、考えられるようになりました。けれど……それもまだヴィクトールの前でだけ。私は、学園でも私自身を取り戻したい。だから……できることなら、クラスメイトとお話しをしたり、笑い合いたい。そのためにも私を知りたい」

「……すごいな、レティは。いや……あなたはずっとそうだった。強くて美しい、俺の目標だった」

そう言いながら、空いた手で私の頬を撫でる。その指先が温かくとても優しくて、この手が大好きだと心から思う。

「レティのしたいようにすればいい。傷つくこともあるかもしれないが、俺が癒やしてみせる。何かあればすぐに話してくれ。俺にもできることがあるかもしれない」

「ありがとうございます。頼りにしております。ヴィクトールがいてくださらなければ、このように思うこともありませんでしたから……本当に、あなたがいてくださることで、私は強くなりたいと思うのです」

優しい微笑みと、頬へのキスを受ける。

それは彼からの愛情と激励のようで、私はさらに心強さを感じた。

「ぼんやりとでも、どうしたいとかはあるのか？　クラスメイトに話を聞くとか」

「そうですね、まずは声をかけるところから始めたいです。皆様、お話ししてくれるか分かりませんが……」

殿下が学園の生徒と口を利くなと言っていることは皆が知っている。そんな私が自ら話しかければきっと驚くだろうから、どうしたものかと考える。

「……じゃあ、絶対に答えたくなる、とっておきの技を伝授しよう」

「まぁ、そんな技が？　是非教えてくださいませ」

「ただし、これをするのは女子生徒にだけだ。間違っても男にはしてはだめだから、それは覚えておいてくれ」

「承知しました。それで、どのような技を？」

「上目遣いで、教えてほしい、とお願いするだけで大丈夫だ」

上目遣いで……？

「それだけ……ですか？」

「レティは自分の美しさをやはり理解しきれていないようだな。ちょっとあの鏡に向かってやってみよう」

言われて席を立ち、私は鏡台の前に座る。

後ろにはヴィクトールが立って、鏡を覗き込んでいる。

「ほら、レティ、やってみて」

「……教えて、いただきたいです」

「もう少し顎を引いて。上目遣いだ。首を傾げてもいいな」

「教えて、いただきたいです」

「語尾はもう少しくだけた感じで」

「教えていただき……たいの」

「うん。可愛い。俺の方を向いてやってくれ」

さすがにこの特訓は、恥ずかしすぎて倒れそうになった。

「これは……とても恥ずかしいですわ」

「大丈夫だ。とても可愛い。俺は何度だって見たい。恥ずかしくなくなるまで、俺で練習しよう」

そう言って本当に何度もこの練習をした。途中から確かに慣れてきたが、恥ずかしさはゼロにはならなかった。

ついでに、とのことで他にもなぜか泣いたり怒ったりする練習もした。

「ここまでするなら、笑う練習もしなくていいのですか？」

「笑顔は俺にだけでいい。今でも惚れ惚れするほど美しいから練習なんて必要ない。まぁ、そうだな。普段は王子妃教育で受けたような淑女の微笑みで十分だ」

「あれで……？　人形のようだとは思いませんか？」

「そんなこと思うはずがない。あの優しく皆を包み込むような微笑みは、あなたの努力の証だ。俺に向けられる笑顔も好きだが、俺はあの笑みを見ると国のために何ができるかを考えなければという気持ちが自然と湧き上がる」

この言葉に、私は堪えきれずに泣いてしまい、ヴィクトールを困らせた。彼は優しく私を抱きしめ、あやすように背中をポンポンと叩く。

「大丈夫だ、レティ。今のあなたを見て、人形などと思う者はいない。少なくとも俺は絶対に思わない。不安になったら俺を思い出してくれ。こんなにもあなたの微笑みに惚れ込んでいる男がいるということを」

「ありがとう……ヴィクトール。私、頑張るわ。学園でやりたかったことがたくさんあるの。友人を作って、楽しくお話しして、勉強を教え合って……学生時代にしかできないことをやってみたいの」

ああ、叶えていこう、と笑ってくれたヴィクトールの優しさに応えたくて、もっと強くなるために行動しようと固く決意するのだった。

ヴィクトールの特訓のおかげで、私は見事に、レティシオンに関する情報収集に成功する。

お守り代わりに以前ヴィクトールからもらったリボンをしていたのも良かったのだろう。彼の赤と、私の紫。その二色が交じり合うようなデザインは、私のお気に入りだ。

朝の迎えの馬車の中で、それに気づいたヴィクトールが嬉しそうに笑い、よく似合うと褒めてくれたことも私の力になった。

第十話　私は幸せ者！

自分を見失ってから取り戻すまで、風のように駆け抜けた二ヶ月だった。

しかし、そのどれもがとても鮮明に色づき、今の私を形作ってくれる大切な経験と思い出となった。

私は一度目を瞑り、ゆっくりと深呼吸をして前を見据える。

背中に感じる温かな手の平が私を励まし、支えてくれる。


もう、恐くない。

真っ直ぐにテオディール殿下の揺れる瞳を見つめた。

「テオディール殿下、これまで私は国王となられる殿下とともに、この国を支えられる王妃になりたいと精進してまいりました。そこに……殿下のおっしゃられたような恋慕の情はありませんでしたが、お慕いできるようになりたいと思っていたのは確かですわ」

殿下との未来を想像していた頃も、確かにあった。

初恋に蓋をして決めたことだった。

「しかしその夢が潰えそうになり、私自身を見失った時、私に手を差し伸べてくださったのはヴィクトール様でした。私は彼の婚約者となったことで、私がこれまで受けてきた教育は無駄ではないと、自信を持てるようになりました」

人形のようだと言われた微笑みも、今は私にしかできないことだと誇らしくすらある。

「私は心から愛するヴィクトール様をお支えしたい……この方と共にありたいと、心から願えたのです」

支えてくれる手を握り返したい。

このお方が困難に立ち止まった時は共に悩み、その背中を押し、前に進むような道を一緒に探せる人間でありたい。

「私はもう、以前のレティシオンではございません。目覚めた私は、どうやら悪役令嬢のようでしたので、自身の願い事を叶えることにしましたの。私の願いは、ヴィクトール様とともにあることですわ」

胸を張って言える。私はもう、あの頃の私ではないのだから。

「どうぞ殿下。殿下は殿下のお選びになられた道をお進みくださいませ」

最高に美しいとされるカーテシーをして、私は殿下への最後の言葉を紡ぐ。

「私は、愛するヴィクトール様と幸せになりますわ」

姿勢を正し、横を見上げれば、愛おしいと思う気持ちを隠そうともしない双眸に見つめられる。

「行こう、レティ」

「はい」

今度こそ、誰にも止められることなく、私達はその場を後にした。


「ところでレティ。あのセリフには足りない部分があったと思うのだが」

授業が終わり、ヴィクトールと校舎の間にある中庭を歩く。

ヴィクトールはもう学園内をご存知であるはずだけど、私に案内をしてほしいと願い出られたため、一箇所ずつ説明して回っていた。

その途中、お昼の騒動があった場所を通り過ぎたところで、先程の発言があった。

「あのセリフ？」

「あなたが悪役令嬢らしい、というあれだ。ただの令嬢ではなく、絶世の美女だという点を付け加えてほしい」

「自分でそれを言うのはなかなか恥ずかしいものがありますわ」

と返すと、ヴィクトールはさも当たり前だというように言った。

「事実なのだから何も問題ない。それに俺は、あなたの口からそれを聞きたいんだ」

優しい眼差しは、私が何者であるのか知りたい、という私自身の答えを求めているのだろう。

そんなの、答えはとっくに決まっている。

「自画自賛しても、引かないでくださいませね？」

「引くわけがない。むしろやっと自覚してくれたかと安心感すら覚えるな」

ふふ、と笑って、ヴィクトールの瞳をじいっと見上げる。

彼と特訓した、彼直伝の上目遣いだ。

「私はどうやら絶世の美女にして、悪役令嬢のようでしたの。それでも私は今、愛する人のおかげでとても楽しくて、とても幸せですわ」

彼にしか向けてはいけないという、心からの笑顔が自然と溢れ出す。

ヴィクトールが目を瞠り、ぴたりと固まった。そんな彼の腕を支えに背伸びをして、少し赤らんだ彼の耳へと口を寄せる。

「ヴィクトール、愛しているわ。私の願い事はただ一つ……あなたに愛されたいということだけ。叶えてくださる？」

踵を地面につけ元の位置へと戻れば、顔を真っ赤にして小刻みに震えているヴィクトール。

「……まるで悪女だっ！　あなたはどこまで俺を溺れさせるんだ！」

私を見ながら涙目にすらなっている彼が愛らしい。

教わった通りの上目遣いに加え、彼が好きであろう甘えた仕草も少しおまけして、その頼れる両腕に身を寄せてみる。

「こんな私はお嫌いですか？」

「嫌いなはずがない！　好きだ！　全部好きで最高だ！　もっとしてくれ！　いや、だめだ。我慢がきかなくなる！　いや、でもしてほしい！」

「ふふ。ご希望であればいくらでも」

「俺も、あなたの願いはすべて叶える。愛してる、レティ」

愛を語らう私達は、それを学園に残っていたほぼすべての学園生にこっそりと見られているとは露知らず。

「これでは悪役令嬢ではなく、悪女になってしまいますわね」

「どちらも最高だから良い」

彼は私の手を取って、指を絡ませる。

「これからもあなたの望むこと、やりたいこと、願ったことのすべてを俺に叶えさせてくれ」

「ありがとうございます、ヴィクトール。私もあなたにもらってばかりだから、あなたの願いを叶えたいですわ」

「それなら……また、レティに抱きしめられたいな。頭を撫でられたのは、すごく安心して心地好かった」

「ふふ。それは二人きりになったら、ね？」

キュッと手を握って首を傾げたら、またヴィクトールは顔を赤くした。唸りながらも、抱きしめたい……と呟かれ、いつでもしてくださっていいのに、と思ったが、これは馬車の中で言うことにした。学園では、少しばかり、恥ずかしいもの。

しばらく私達はお互いしか目に映らずに、穏やかで愛に溢れた時を過ごすのだった。

その後、私はクラスメイトから涙ながらにこれまでの私に対する態度への謝罪を受けた。それに関してはお互いに仕方がなかったのだから、これからは友人として仲良くなりたいと言えば、喜んで！　と、力強く同意いただけた。

クラスメイトが友人になり、教室の中でも外でもともに行動し、笑い合う時間ができた。憧れていた勉強を教え合うこともした。私は本国や隣国の歴史を教えることが多く、語学が堪能な友人からはまだ習得していない周辺国の言葉を教えてもらった。

卒業式の日には、友人達と共に学園を卒業することができることに、私は嬉しくて笑いながら涙を流すこととなった。

テオディール第一王子殿下は、私達と再会した翌日から学園には通われなくなった。あの日、ヴィクトールが久しぶりと言っていた通り、殿下は視察を終えてからも王城に帰らず、コリンヌ男爵令嬢と過ごしていたそうだ。

ヴィクトールが留学から帰国後に独自で調べたことに加え、陛下が正式な調査を行ったことで、殿下の王位継承権の剝奪と除籍処分、そして王都追放と私への接近禁止令がくだされることが決まった。

殿下への処分については、王太子となる立場でありながらそれを悪用し、自身の責務を果たさずに元婚約者の手柄を盗んでいたこと。見本となるべき学園内で権力を振るい、周囲に悪影響を及ぼしたこと。本来、婚約者である私に使うために与えられた予算を、コリンヌ男爵令嬢へと使っていたことなどが挙げられた。

それらが重なって、陛下とヴィクトールと父の三人で行われた話し合いの時には出ていなかった、王都追放という罰が加わることとなった。

主には私に関わる部分であり、他の余罪はなかったそうなので、私自身と関りがなくなるのであればそれで構わないと言ったことで、接近禁止令の追加で済んだのだという。

ヴィクトールは不満そうだったが、罰を与えることで恨みを持たれるのも嫌ですから、と言えば納得いただけた。

コリンヌ男爵令嬢は、私への誹謗中傷を広げた張本人……つまりは悪役令嬢だと吹聴して回り、私の机に嫌がらせの手紙を入れたとして学園の停学処分と私への接近禁止、そして、ジャケ男爵当主が彼女を男爵家から除籍すると決めた。

彼女としては愛する殿下の婚約者である私は邪魔で仕方がなかったのだろう。彼女が流した噂があまり広まらなかったため、あの手紙を出すことにしたという。私は反省を促し、今後は殿下と同様、関わりがなければ、ということを伝えた。


殿下と男爵令嬢の二人は、激しく言い争いをしていたようだが、平民となった以上はお互いしか頼る者はいないので、二人で暮らすのではないかとは父の見解だ。

私の中ではもう彼らを許す、許さないの話ではなくなっていたので、頑張っていただきたいですね、という一言で幕引きとなった。殿下には今後、監視の目がつくこととなる。私への接近禁止は守られるだろう。

殿下は夢に破れたお方だと思う。だからこそ、これからは出会った頃のように前を向いて進む彼に戻ってほしいと願っている。甘いと言われようとも、それが私の答えだった。


卒業式の翌日、王家の方々が代々結婚式を挙げられた教会で、私は真っ白なウェディングドレスに赤い薔薇（ばら）のブーケを持ち、ヴィクトールの妻となるために彼の横に並び立つ。

式には、王族や公爵家の関係者だけでなく、この一年でできた学園での友人や、ヴィクトールが留学先でお世話になったという隣国の方々にもご出席いただいた。

皆からのお祝いの言葉に、私もヴィクトールも、この日ばかりは満面の笑みで応えた。

「綺麗だ、レティ。こんなにも美しいあなたを妻にできるなんて、俺は最高に幸せ者だ」

「幸せ者は私の方よ。ヴィクトールもとても素敵で、見ているだけで鼓動が高鳴ってしまうわ」

「それは嬉しいな。レティには、これからも俺のそばで笑っていてほしい。俺が下を向きそうになったらしっかりしろと叱って、背中を押してくれ。ともに支え合い、愛を育んでいこう。愛しているよ、レティ」

「ええ、あなたが私を励まし、強くしてくれたから、どんな困難でも臆することなく立ち向かえると思えるようになったの。私を愛してくれてありがとう。私も、心からヴィクトールを愛しているわ」


目覚めたら悪役令嬢のようでしたが、絶世の美女だと溺愛してくださる旦那様が、私の願いを叶えてくださりました。

そしてこれからも、私はとっても楽しくて幸せな毎日を送ることでしょう。

END

俺と初恋の婚約者

第一話　俺の初恋

俺の初恋は、いずれ義理の姉になると紹介された人だった。

まさにそれは衝撃的で。六歳にしてあんなに感情が沸き立つなどとは思わなかった。

煌めくようなプラチナブロンドの髪が揺れているなと思ったら、見たこともないほど可愛らしい顔が目の前に現れて、俺は衝撃を受けた。曇りのない瞳はすみれ色で、真っ直ぐに俺を射抜いてしまった。

……まさかそんな。間違いなくこれは俺の初恋なのに。どうして兄のものなんだ。どうして俺の婚約者じゃないんだ。

顔には出さないよう、必死に自分を抑え込んだ。

彼女を、周囲を、困らせるだけだと分かっているから。この当時は兄も王子教育を真面目に受けていて、俺には尊敬する兄であったから。

気のせいだ。気のせいだと思いたい。そうでなければ、俺自身が辛くなるだけだ。

そう言い聞かせるのに、王城内で会う度に彼女は柔らかく笑って、俺を褒めてくれた。

先生方からヴィクトール様は非常に優秀だとお聞きしました。大変ご立派な姿を見て、私もより一層精進したいと思いました、とか。

剣を握る姿がとてもたくましく感じられました。けれどお怪我はなされませんよう、お気をつけてください、とか。

そう言う自分こそ、教育係も舌を巻くほどの優秀さだというのに。俺が一歳上の兄に追いつく程度ならば、彼女はさらにその先に行っているようなものだった。

その気配を微塵も感じさせず、彼女は……レティシオンは普通のことのように笑って他者を称賛する。外見だけではなく内面も美しいことが、彼女の良さであった。

それまでも嫌々やっていたつもりはなかったが、レティに会ってから、俺は何をするにも結果を残そうと躍起になった。王子教育は兄よりも早く進み、剣の鍛錬は騎士団員に頭を下げて教えを請うた。

そうしなければ……そうしたとしても、手に入らないけれど。

現実とは違い、夢の中で俺はレティを抱きしめて嬉しそうに笑っている。でもそれが夢だと分かるから、余計に目覚めた時に絶望した。

「レティシオン…………レティ…………レティ」

この手で抱きしめたい、と十歳になるより前に思うとは。大人になってみると恥ずかしいとは思うが……当時は必死に大人になろうとしていたのだろう。

一歳の年の差が、俺には一生埋められないのだから。

手を伸ばせば触れられそうな距離にいるのに、兄と弟……第一王子と第二王子という明確な差が、どんなに足掻いても埋まらない距離を俺に突きつけていた。

俺の悪足掻きとも言える努力の成果が出てき始めた頃、兄は徐々にレティに対してのみ態度を悪くしていった。周囲に監視の者がいれば鳴りを潜めていたが、少し目を離せば、彼女を睨みつけるようになったのだ。

その光景を見て俺は心の底から兄が憎いと思った。俺が欲しくて欲しくて仕方がないものを、先に生まれただけで与えられておきながら、大事にしないなど信じられなかった。自身の実力不足を補う努力を怠っているのに、彼女の意味ある言葉を聞き入れない。レティは挫けずに話しかけているというのに。

兄の機嫌を損ねないよう最大限に気を遣いながら、兄がその日のうちに完了できなかった王子教育の内容をさり気なく話す。あれじゃあまるでレティが教育係だ。しかも兄に聞く気がないのでその言葉は届かない。

剣の鍛錬を終え、通路を歩く途中で何度も見かけた光景だ。尊敬していた兄が、憎い相手となっていく。そんなに不満を顔に出すなら、俺に代われと何度も言いそうになった。

王子妃教育が進むと、レティの淑女としての振る舞いには惚れ惚れする、と王城内の侍女達の間で話題に上がるようになっていた。どれだけ短時間の護衛任務でも、必ずお礼を口にし、労いの言葉をくれると、レティの護衛につきたがる騎士が増えていった。

レティはあの容姿の良さで甘やかされていそうに思われるが、出会った時から礼儀や作法はきっちりとしていたし、教育係から聞く話でも、いついかなる時も手を抜くことはない努力家で美人。そして人を公平に評価し、自身の間違いはしっかりと反省し行動できるという評価だった。

「知れば知るほど……悪いところが見当たらない……」

まさに高嶺の花だ。

……いつかは諦められるかもしれないと思っていた。それがどうだ。日に日に想いが溢れてくる。

彼女に恋をして数年が経った。レティの気持ちが兄へと向いているとは思えないが……歪な関係ながら二人の婚約は続いている。

俺にしてくれないか。俺を選んでくれないか。兄上がもっと……もっとレティを大切にしてくれたなら……俺だって……。そう思うことが増えていく。

剣の稽古からの帰り、レティへの自身の燻る想いに鬱々としながら歩いていると、偶然、兄とすれ違った。

「兄上」

「何だ、ヴィクトール。稽古は終わったのか？」

その日はレティが来ない日だった。いい機会だと、兄にレティへの態度を見直してもらおうと声をかける。

「兄上、最近のレティシオン嬢へのあの態度は何ですか？」

「……あの態度？　俺は何もしていない」

「ええ、大人の目があるところでは」

俺の言葉にピクリと兄の眉が上がる。

「何が言いたい」

「婚約者であるのだから、もっと彼女を大切にすべきです。それに彼女はベルモンド公爵家のご令嬢ですよ。その意味が分からないほど、兄上は愚かでは……」

「私が愚かだと？」

怒気すら含んだような声に、俺も一瞬身構える。正面から見た兄は、今まで俺に向けたことのない鋭い視線で俺を睨む。

この目を……この男はレティに向けているのか。

「お前に私の辛さなど分かるまい。第二王子だからと甘やかされているのではないか？　他人のことを憂いている暇があるなら、もっと鍛錬に励むべきだな」

「他人？　レティシオン嬢は他人だと？」

思わず、握った拳に力がこもった。

「婚約者でも結婚するまでは他人だろう」

「いくら他人だとしても、敬うべき相手です。それに……ただの婚約者ではなく、レティシオン嬢は王妃に相応しいお方だと俺は思っています」

俺が言いきると兄は大きく息を吐いた。まるで俺を相手にする気はないという態度に怒りがこみ上げてくる。

「お前はレティシオンに夢を見ているのだな。レティシオンは確かに優秀であり美しいが……あんなふうに作られた笑みを浮かべる女を、私は心から美しいとは思えない」

「作られた笑み？　まさか、王子妃教育のことを言ってるんですか？　そんなの当然のことではないですか。王族がコロコロと表情を変え、感情を表に出しているようでは、他国に付け入られることになります。それに王子妃教育は兄上の伴侶となるためのもの……それを兄上が否定したら、彼女が報われません！」

声を荒らげた俺に、兄はハッと笑った。

「表情を変えたら付け入られる、だったな。まさに今のお前のことを言っているようだな」

「兄上！」

「熱くなるな、ヴィクトール。これは政略結婚だ。まぁレティシオンが私の望む姿になるならば、大切にしよう」

ひらひらと手を振って立ち去る兄に、なぜ自分はもっと早く生まれてこなかったのかと、どうにもできない悔しさだけが俺の中で渦巻いていた。

政略結婚だと彼女を蔑ろにするならば、俺がお前の分まで彼女を愛す！
だからレティを俺に譲れ！

去りゆく兄の背を睨（にら）みつける。こんな姿、誰にも見せられないと冷静になれたのは、しばらく過ぎてからのことだった。

兄と話をしてから数日後。今度は稽古の終わりに、騎士団の訓練場のすぐ近くでレティと遭遇した。

「レティシオン様、こんなところでどうしたのですか？」
「こんにちは、ヴィクトール様。騎士団の使わなくなった練習用の剣をいただけないかと聞いておりましたの」

にこりと微笑まれれば、荒んだ心が凪いでいく。この笑みが作られたものだなどと……兄の言葉のくだらなさに笑いすら起こってくるようだ。

しかし今は兄のことは忘れて、レティに集中しよう。そう思って、正面から彼女を見据えた。

「剣？　練習用の剣をどうするのですか？」
「剣を習ったことのない女性でも扱いやすいように加工して、テオディール殿下と私からの寄付として孤児院へとお配りしたいと思いまして」

さも当然のように言っているが、孤児院へ送るというのならば普通は子供達に剣を送るのではないのだろうか？　いや、でも彼女は今、女性、と言ったな。

「女性、ですか。子供達ではなく？」

「はい。孤児院の先生方が扱うものをお渡しできないかと。子供達にも、とも考えましたが、常時、剣の指導者がいるわけではないでしょう？　小さな子供が多い院では危険な道具になってしまいますから。各孤児院に平等に行き渡るものにしたかったので、孤児院の先生方がいざという時に役に立つものを、と思いまして」

なるほど。だから女性が扱いやすいもの、か。孤児院に勤めているのは女性が多い。院長は男性でも、その下で働く者は大半が女性だ。練習用の剣ならば木剣だから加工もできそうだ。

「生活に使用する物品や、寄付金の方が喜ばれるかもしれませんが……近年、周辺国で孤児を狙った犯罪が起きているとの話をお聞きして。孤児院に対して安全管理にも力を入れてとお願いするのは簡単ですが、予算が限られていることですから……この機会に一つ護身用の道具をお持ちいただくのはどうかと思いましたの」

そうなのですね、と返事をする。

周辺国の動向も踏まえた上での贈り物だ。きっと相手には喜ばれるだろうし、確実に無駄になることはない。それに子供達のことも考えられいて……安易に子供への物かと想像した自分が少し恥ずかしくすらあった。

しかしここで思い出されるのは、先程レティの口から出た人物だった。

「兄上には……」

「……相談しましたところ、好きにしていい、と」

二人の連名で寄付を送るのに、この場にいないということは、すべてレティに丸投げということなのだろう。苛立ちと……名を連ねることに対する嫉妬と。

「騎士団ならば、兄上も鍛錬に来るのだから兄上が動くべきかと……」

「発案は私ですから。それに殿下はお忙しいですし、私の方が時間にゆとりがありますので」

一瞬だけ、レティの笑みが崩れた。注視して見ていなければ分からないくらい、それは本当に一瞬だったけれど、そこから俺が読み取れたのは、諦め、だった。

本来なら、婚約者とともに行動すべきことなのはレティも分かっているのだ。しかし今、兄は来るはずもなく、一人で動かなければならない。彼女がいくら聡明といえど、剣に関しては兄の方が知識もあれば扱いだって慣れているだろうに。

兄がそんなことならば……俺がレティとともに行動すればいい、と思いつくのに時間はかからなかった。

「……俺が手伝います」

俺の申し出に、レティは首を振ってすぐに遠慮を口にした。

「いえ、ヴィクトール様こそ、王子教育が随分と進んでいてお忙しいでしょうし、騎士団での鍛錬もなさっておいでてでしょう？　隣国の王子殿下との意見交換会にも参加されるとお伺いしましたし、そちらの準備をされてくださいませ」

「いや、大丈夫です。どうせ騎士団に来るのだから、剣を集めるところは俺が受け持ちます。ヴァンドールにも話をして、兄上にも了承を得られたら寄付も皆の連名で贈ることにしましょう。そうすれば加工精度を上げられる」

使用者のことを考えるならば、加工精度は上げるに越したことはない。

「そこまでしていただいて……よろしいのですか？」

「もちろんです」

「ありがとうございます。騎士団長様にはお話しを通しております。加工技術者もご紹介いただけるとのことですから、職人との連絡は私にお任せくださいませ」

「ありがとう」

「こちらこそ、ですわ。いつも助けていただいて、ありがとうございます、ヴィクトール様」

淑女の笑みとは異なる、晴れやかな微笑みが俺にだけ向けられる。この笑顔のためなら、俺は何だってできると思えた。

「いつも頑張っておられますね。日に日に王妃に近づいておられる。俺もレティシオン様のように努力できる人間になりたいです」

今の素直な気持ちを口にした。するとレティは少しだけ、複雑そうに笑って礼を言ってきた。

「……ありがとうございます。ヴィクトール様にそう言っていただけて、心より嬉しく思いますわ」

彼女が心から笑えるようになるには、俺はどうすればいいのだろう。一人で考えたけれど、これだという明確な答えは思いつかなかった。

第二話　俺と留学先の友人

十三歳を迎え、俺に隣国へ留学してみないかという話が出た。

隣国のエルネスト第一王子殿下とは、意見交換会と称して定期的に会っていたのだが、その殿下からの誘いだった。

「夢物語でもいいから口に出そう。それがきっと国の未来へと繋がるのだから！」

エルネスト殿下がよく口にする言葉だった。

隣国は我が国よりも外交に力を入れており、殿下やその弟妹もよく周辺国の若い世代と交流を深めている。俺なんかよりもずっと国を思って行動しているお方だ。

俺と同い年だから殿下も十三歳。俺が通う予定でいるこの国の王立学園は十五歳から入学するが、隣国は十四歳から学園に入学すると聞いた。学生になると周辺国にはなかなか行けないから、逆に呼び寄せようとでも思ったのだろうか……。

そのぐらいのことはしれっとやってのけてしまうぐらいには、彼は周囲からの信頼が厚い。意見交換会も子供同士の交流ではあるが、間違いなく次代に国を背負う者ばかりが集められている。役職は様々だが、その国で強みとされる分野に従事する親を持つ子ばかりである。

そこに呼ばれたのが俺だったのは大変名誉なことだったのだが……留学となると、悩まずにはいられない。これからやろうと思っていたこと、行こうと思っていた視察先、目をかけていた進行中の事業など様々な悩みがあったが……結局は、レティと離れることを決断できずにいたのだ。

返事は待ってもらい、俺は時間をかけて悩むことを許してもらった。

王妃となるレティを支えるのに、一番適した位置はどこだ。やるべきことは何だ。隣国は騎士団が優秀だから……騎士となれば、彼女を守ることができるか？

さすがに護衛にはつけないだろうが、正々堂々と彼女を背に庇う理由はできる。

と、そんなことで悩んでいたが、同時期に激しくなったのが俺の婚約者にという令嬢の紹介だ。俺には必要ない。まだ婚約者を持つことはできない、と何度も両親や周囲に言っても、それがやむことはなかった。

陛下が直接止めないのだから、当然なのだろうが……

止まらないのなら政略結婚でいいから相手を決めてしまおうとも思ったが、兄とレティを見ているのに、相手を傷つけることが分かっているその選択肢を取るのはあまりにも不誠実だと断念した。

けれど俺が拒みたくとも、周囲は変わらない。王子の執務に追加で確認しなければならない釣書の数に、最早うんざりしてくる。

俺に渡してくるな、と言っても、殿下に渡せと王妃陛下から言づかっております、と困り顔の従者に言われる。母も俺が婚約者を決めずにいることを心配はしているのだろう。弟ですら婚約者はすでに決まっているというのに、と。

気晴らしに剣を振るう。最近では力も強くなり、騎士とも互角以上に渡り合えるようになってきた。

……王になれないのならば、騎士が向いているのだろうな。それに剣を振っている間はこれに集中できる。兄に勝とうと思って必死になっていたが、それもとうに超えてしまった。今では己との勝負であるとすら思っている。

ふと視線を感じてそちらを見ると、レティがこちらを見つめていた。俺は駆け足で彼女へと近寄る。

「こんにちは、レティシオン様。王子妃教育は終わったのですか？」

「ええ。あまりにもヴィクトール様の剣さばきが見事でしたので、足を止めて見惚れてしまっておりました」

「はは。ありがとうございます。まだまだですよ」

見惚れる、という言葉に浮かれ、素直に嬉しくなってお礼を言う。レティも微笑んではいたが、ふと、小さく息を吐き出した。そして彼女は恐る恐るといった風に口を開く。

「……ヴィクトール様、留学のお話しが出ているとお聞きしたのですが……」

「あ、ええ。隣国のエルネスト殿下から声をかけていただいたのですが、まだ迷っているんです」

「迷っておられるのですか？」

「はい。自分が進むべき道は……騎士の道なのかどうか。隣国は騎士団が優秀とのことで、勉強にはなると思うのですが。俺が行っても留学生としては力不足じゃないかと」

「そんなこと！　ヴィクトール様こそ……相応しいと思いますわ」


歯切れ悪く言うレティがそっと目を伏せる。その仕草に少しの違和感を覚えた。

その違和感は、俺に無謀な期待を持たせた。


……聞くな。だめだ。止まれ。


頭の中では制止の言葉がひしめいているのに、俺の口は閉じてはくれなかった。

「……レティシオン様は……王妃になりたいと、思っていますか？」

発した後に気づいた。なんて不躾な質問なのだと。

この数年間、彼女がどれだけ努力し、耐えてきたかを知った上で聞くなんて。

しかし先程、目を伏せたレティが……現実から逃げ出したいように、見えて……

これでもしも否定してくれたら？　王妃にはなりたくない。逃げ出したい。そう言われたら
——

俺が連れ出す。誰も俺達を知らない場所で、二人きりで……なんて。ありもしない、できるは

ずもない妄想を繰り広げる脳内に、それらを一掃するような澄みきった声で返された。

「私の夢は、王妃として国王陛下を支えられる人間になることですわ」

彼女は迷いのない瞳で俺を見つめていた。決意を込めた言葉に打ちのめされる。

本当に……俺は愚か者だ。彼女の人生を踏みにじってまで、自身の欲望を叶えたいなどと願うなんて。

「ヴィクトール様がどんなことでも意欲的に取り組んでおられる姿に、とても良い刺激を受けております。これからも……あなた様のご活躍を見続けたいですわ。そうして私も、立派な王妃となれるよう、日々、励んでいきたいと思います」

そうか……レティは、見てくれているんだな。いつもいつも、褒めてくれていたのは……それだけ見てくれていたということだ。


それで……良いじゃないか。

手に入らなくても、隣に並べなくても。

レティを支えられるなら、立場なんて、どこであろうと関係ないんだ。

「……ありがとう。俺も、王妃となったあなたを支えられる人間になります。お互いに切磋琢磨していきましょう」

いつかその時が来ても、俺はあなたのことを義姉上、なんて口が裂けても呼べないけれど。

「ええ、もちろんですわ」

レティが笑ってくれるなら、どんな俺だとしても。

彼女を馬車まで見送った後、また稽古場へと戻り剣を握る。振り下ろした剣の風を切る音だけが耳に残る。もう答えは出ている。王になれないと……彼女の隣には立てないと分かっているのならば、俺が取るべき道はこれしかない。

「……闘神の色は、このために授かったんだろうな」

真っ赤な髪に、真っ赤な瞳。かつてこの国を守り、導いた賢王。

俺は、あなたのような王にはなれないけれど……

「……闘神になら、なれるだろうか」

剣を鞘に収め、空を見上げた。晴れ晴れとした空だ。目を瞑ると、瞼の裏にはいつも愛しい人の笑顔がある。

「愛しています、俺の――」

初恋。

その日の夜。レティが見たこともないほど綺麗なドレスを着て、結婚式を迎えている夢を見た。隣に並ぶのは兄で。俺はその後ろで、二人に拍手を送っていた。レティは美しく、洗練された王妃の顔をしていた。

目覚めた時、目頭を押さえたけれど、涙を止めることはできなかった。

涙が乾いた俺は、隣国への留学を決めた。そして留学を決めた俺がしたこと。

それは、兄に話をつけることだ。

「兄上、お話があります」

「ああ、かまわないが……留学の準備はいいのか?」

兄の執務室で、机を挟んで向かい合った俺に、兄は椅子の背もたれに体を預けて問いかけてくる。

「ええ。出発間際にならないとどうにもできないものがいくつかあるので、バタついてしまいそうではありますが」

「そうか。くれぐれも見落としのないように」

兄は俺の留学が決まってから、明らかに機嫌がいい。目の上のたんこぶとでも思われていたのかもしれない。ここ最近はまともに話すことすらなかったというのに。だからこそ、懸念すべき事柄がある。

「……兄上にお願いがあります」

俺は兄を睨みつけるように見た。たとえ不敬だと言われようと構わない。これで少しでも彼女を守ることに繋がるのならば。

「第一王子であり王太子となる兄上は、あの学園では最も力のある者になります。だからこそ、その立場に相応しい行動をお取りください」

「何を当たり前のことを。そんなもの、お前に言われなくても分かっている」

「俺も、留学先では学園に入ります。あちらで俺は招かれた立場ではありますが、この国の第二王子だということを決して忘れず、帰国した際には必ず国の役に立つ男になってみせますので」

兄と目が合う。俺の言葉が終わるまで、その目が逸らされることはなかった。

「ですから兄上が学生達だけでなく国民に慕われる次期国王として、学園でもご活躍されることを祈っております」

レティの名は出さなかった。ここで婚約者、と口にしてしまえば、兄はきっと反発心を持つと思ったからだ。

兄は分かった、とだけ口にした。俺はそれを信用してしまった。

……ここで仲違いしようともはっきりと婚約者を……レティを大事にするよう言うべきだったと、俺はこの日の自分の甘さを心から後悔することになる。

留学はレティ達の入学と同じタイミングとなった。

手を付けていた執務の引き継ぎや、重鎮への挨拶と準備に追われていたため、レティとはすれ違ってばかりでろくに話すこともできないまま旅立ちの日となってしまったが、それはそれで良かったのかもしれない。最後に話してしまえば、行きたくなくなってしまいそうだから。

これで良かったのだと言い聞かせて馬車に乗る。皆が見送りに出てくれる中、その後ろの方に、レティを見つけた。

彼女はなかなか顔を上げてはくれなかった。

――頼む、顔を上げてくれ。あなたの美しい、俺に安心感を与えてくれる微笑みを見せてくれ。

出る直前、願いが通じたのかレティが顔を上げる。

その目から涙が流れることはなかった。

……けれど、いつもよりも重たげに見えた瞼と、赤くなった目尻に、俺は心臓を鷲掴まれた。

「……泣いて……いたのか？」

乾いた声に反応はない。

俺の心を置き去りにして、馬車は進む。あの時の答えを聞けないまま、俺は隣国に到着した。

そうして隣国で過ごす中で、俺はレティに関する情報を敢えて入れないようにした。耳に入ってしまえば、諦められなくなると思っていた。

闘神になると……彼女の剣になると決めたのだ。これ以上、初恋を拗らせて良いわけがない。

この留学を機に、レティへの想いを断ち切れれば……そんな想いを抱えて俺は一人、隣国に身を置いた。

隣国は、エルネスト殿下の言う通り外交に力を入れているだけあり、どのクラスにも一人以上、他国出身者がいた。他にも基本的には貴族子女だが、大きな商会や芸術家の子女などもいて、まさに多種多様な学園だった。

学園生活は殿下が面倒を見てくれて、数人の友人だという者を紹介された。その中に一人、やけにお節介な男がいた。名はイバンといい、伯爵家子息で将来は物書きになりたいという変わった男だ。やけに話しかけてくるが、俺は面白い話などできない。そんな俺といて楽しいのかと思って聞いてみると、

「君はね、何か大きなことを成し遂げる気がするんだ。僕は超有名な物書きになる男だからね！これまで多くの人を観察してきた。君ほど何でも持っているのに、その現状に満足していない人はいなかったよ。そういう男が覚悟を決めたら、自分が持つ武器をすべて使ってでも勝利を手にするだろうからね」

「勝利……か」

「おっ、何かあるのかい？」

「何のことだか」

ケラケラと笑うイバンに絆された節はある。そして他の者よりも親しくなる決め手となったのは、イバンの家に咲いていたすみれ色の花だった。

「この花は……」

「綺麗（きれい）な色でしょ？　今年は特に綺麗に色づいたんだ。せっせと僕がお世話をした甲斐があったよ」

「……ああ、とても……綺麗だな」

思い出すのは、レティの瞳だ。

元気だろうか。悲しんではいないだろうか。辛いことや、苦しいことは？

……俺がいなくなっても、あなたは笑っているだろうか？

「……君の部屋、花瓶は？」

「いや、ないな」

「んー……一輪挿しなら使っていないのがあったから、持って帰っていいよ。ついでに好きなお花も一本、プレゼントしてあげよう」

「いや、それはさすがに」

「いいんだ。先行投資って言うの？　いつか物語を書く時に君をモデルにした人物を出す許可さえもらえれば。その時のために今、貸しを作っておこうかと」

そういって手早く準備され、持って帰れることになったすみれ色の花に、俺は密かに祈りを込めた。

　どうかレティが幸せでありますように、と。

　イバンにレティのことを話したのは、留学してから一年経ったあたりだ。これでも粘った方だ。枯れる度に花を持ってくるイバンが、俺が反応するのはすみれ色のものだと気づくのは早かった。けれど、これだけは言えないと首を振っていたのだが……

　さすがに一年近くも花をもらい続け、何か返そうにも拒否をされては罪悪感が募る。相手もそれが狙いだとは分かっていたが、イバンが悪い人間ではないということも重々承知していた。だからもう、いいかと思ってしまったのだ。

「……相手に迷惑がかかるから、他言するなよ」

「もちろん」

　俺の話を聞いても、イバンは感情を表に出さなかった。情けないと呆れられるか、可哀想と泣かれるか。そんなところを想像していたのに、少し拍子抜けしたところもあった。

「ここにいることを君が選んだのなら、僕はそれを尊重するよ。君が怒りも泣きもしていないんだ。僕は受け止めるだけ。僕の勝手な感情を君に押しつけることはしない。それを君は望んでもいないだろう？」

「……愚かだとは思わないのか？　忘れたい、諦めたいと思うのに……こんなふうに想い続けるなど……」

「そうだねぇ。確かにそう思う人もいるだろうね。でも僕は人間くさくてとても好ましいと思うよ。誰しもが幸せいっぱいな人生なはずはないんだ。自らの手で幸せを摑むか、誰かに幸せにしてもらうか……方法は色々。幸せの形も色々。だから面白い」

またイバンは笑う。しかし、笑いを止めたイバンが真っ直ぐに俺を見つめてきた。

「その葛藤を抱えてもなお、抗いたいと思うなら僕は協力するよ。僕は取材をするからあちこちに知り合いがいる。いざとなった時に、君の希望を叶えられる者だってたくさんいる」

「……最悪の場合、国外逃亡を狙っていても、か？」

「わぁ！　いいねぇ！　ますます協力のしがいがある男だよ！」

ここで機嫌が良くなるのだから、この男は不思議だ。

「どれだけ力を貸してもらっても、その貸しを返すアテがないのだが」

「君を物語に登場させることを許してくれるだけでいいって」

「本当にそれだけか？　それではあまりにも、お前にばかりリスクが大きすぎるんじゃないか？」

俺の問いに、イバンはウインクを一つ。

「リスクを恐れて書きたいものを書けないことほど、惨めなことはない。これ僕の信念ね」

覚えておいてね、と言われ、自身にもイバンにも呆れて笑った。この話をしてから、俺の部屋の花瓶は一回り大きくなり、常にすみれ色の花が飾られるようになった。

朝起きてから花を見て、ああ、今日も諦めはついていないんだな、と実感する。諦めるための留学で、俺は不要になるだろうツテまで作ってしまった。

いまだ夢に見る花嫁姿のレティの横に、俺が並ぶことはないのに。

窓を開けると花が揺れる。花びらが落ちて、出発前の目を赤くしたレティを思い出す。

どうか笑っていてくれ。ここでの準備が、すべて無駄になるぐらいに。あなたが幸せでありますように。

二年の留学はあっという間だった。

帰国する前日、エルネスト殿下にたくさんのことを学ばせてもらったお礼を言うと、お前には期待しているぞ、と言われた。

「次にお会いする時、俺は騎士でしょうから。心してお守りさせていただきます」

「何を言っている。お前ほどの能力が備わった者にそんなことをさせる国ならばこちらに来い。お前は統治する側の人間だ。俺の補佐として喜んで迎え入れるぞ」

「もったいないお言葉です」

「まぁ、次にこちらに来る時は妻を伴ってこい。お前を紹介しろという声が多くてやかましかったからな」

その話は初耳だった。俺には届かないようにしてくれていたのか。

「お気遣いいただき……ありがとうございます」

「ヴィクトール。忘れられない者がいることも、諦められないことがあることも当然だ。お前がどのような形でそれを成就させるのか、それとも捨て去るのかはお前自身にしか分からない。ただな、俺達にしかできないやり方はあるということを忘れるな」

「俺達にしか？」

殿下は片方の口元だけを上げて笑う。彼は明るさの中にこのような強かさがある。だからこそ、彼の発言には重みが増すのかもしれない。

「俺達は王子だ。望めば手に入る」

「……それはあまりにも横暴な考えでは？」

「横暴だと思われるか、巧妙だと思われるか。もしくは計画的、などか？　過程さえ間違えなければ結果はついてくる。過程も結果もあれば、誰も文句は言えまいよ。浅慮な者は過程を急ぎ、結果のみを求める」

暗に、そうはなるなと言われているのだろう。

「闘神だけであろうとするな。お前は賢いのだから、諦めずに進める道を選び抜けよ、ヴィクトール」

殿下の言葉にすぐに返事ができなかった。深く呼吸をして、深く頭を下げた。

「二年間、お世話になりました。どのような形になろうとも、殿下の期待に応えられるよう、自国でも精進してまいります」

「ああ、次に会う時を楽しみにしている」

殿下と握手をして、俺は出発に備えて荷物をまとめに戻る。

翌朝の出発では、イバンがおいおいと泣いてなかなか離れず、出発時間が遅れそうになって引きはがすのが大変だった。

「絶対……絶対に手紙を書いておくれよ！」

「ああ、落ち着いたら必ず」

「それ絶対すぐに書かないやつじゃないか！　この薄情者！」

イバンの首根っこをエルネスト殿下が摑んで離してくれたから良かったものの、放っておいたらついてきそうな勢いの男に感謝の言葉を伝える。

「ありがとう、イバン。手紙がない間は、俺が奮闘しているとでも思っていてくれ」

「やっぱりすぐ手紙をくれないやつじゃないかー！　元気でいてくれれば何でもいいけど！　頑張れよ、ヴィクトール！」

大きく手を振る面々に、俺も振り返す。留学して良かった。心からそう思えた。

二年離れている間に国はどうなっているだろう。国内の情報はいくつも集めていたが……レティのことだけは、分からない。兄は間違えていないだろうか。俺がいなくなったことで、また昔のように尊敬できる兄に戻ってくれただろうか。

期待と不安と、いざとなれば隣国への繋がりができたことでの安心と。
離れたことで想いが募ったり穏やかになったり……この二年間が報われることを願っていた。

――願っていた、のに。

第三話　俺の後悔と決意

まだ兄が学園にいる時間に王城へと帰り着いた俺は、両親と使用人に出迎えられた。積もる話はあるが、まずは体を休めなさいということで休息をもらうことになった。

その日、兄とは会わなかった。中途半端な時間に休みを取ったことで、食事の時間などがズレてしまったからだ。

翌日の朝食でも会わず……聞けば、兄はこの一年は自室にて食事をしているという。何かあったのかとヴァンドールに聞いても何もないと言うが、心なしか弟の表情に陰りが見えた気がした。

しかし俺も留学の報告書をまとめなければならず、またゆっくり話そうと弟には言って、自室へと戻った。朝から始めて午後になっても終わらなかった報告書に、座り続けて身体が疲れたので、少し息抜きをするかと自室を出たところ、階下に兄とレティの姿を見かけた。

普通ならば臣下達の出迎えがあるはずだが、やけに静かなその場を不審に思い覗いたところで、俺は硬直した。

レティの姿を目にした瞬間、この二年間、自分が取った行動がいかに自己満足なものであったのかを思い知らされたからだ。

兄の後ろをついて歩くレティを見て、俺は呼吸すら忘れていた。

レティが……萎れた花のように見えたからだ。微笑んではいる。確かにあれは、王子妃教育で学んだ微笑みだ。しかしその瞳は明らかに力なく、いつも真っ直ぐに前を向いていた強い眼差しが、兄の足元を見るかのように伏せられている。

花びらが落ちて力なく首を下げ、枯れる寸前といった花とその姿が重なる。あんなレティは、初めて見た。


彼女は花だった。間違いなく、凛(りん)と咲く一輪の花。

細くたおやかな見た目とは裏腹に、地にしっかりと根を張る強さを秘めた花。誰しもが憧れ、手を伸ばそうとしても届かなかった。


それが今では……口角を上げているだけのそれに、痛々しさすら感じてしまう。

やめてくれ。あなたの微笑みは、そんなものではなかったはずだ。いつもいつも、俺を導いてくれた強さを秘めた眼差しが……優しく包み込むような、あなたの美しい笑顔が……

なぜ、どうして、何があった……？

疑問ばかりが渦巻いて、こうなってしまった過程を自分が知らずにいることへの悔しさが込み上げる。

我慢できずに思い切り壁を殴りつけ、ハッとした。握りしめた時に爪が食い込んだのか、手のひらからは血が滲んでいた。噛みしめた唇から、口の中へと鉄の味が広がる。

知ろうともしなかったから、知らなくて当たり前だ。なぜ俺は……自分を守るためだけに、彼女の情報を遠ざけた。兄に期待を寄せるフリをして、自分が逃げ出しただけじゃないか。

俺は二人に会うことなく自室に戻り、すぐに情報収集のために動いた。この二年間の兄とレティのこと。学園内での二人の様子。レティの置かれた状況。途中で現れた男爵令嬢。

兄の二年間の執務の書類にも目を通した。それらは完璧なまでの仕上がりだった。これだけのことができたなら、周りの評価も上がっただろう。きっとこれはすべてがレティの功績だ。

そして数人、意味もなく配置換えとなった使用人がいた。その者達を集めて話を聞くと、レティが強く望んでやっているという兄の言い分を疑ったための配置換えだと分かった。彼らは皆、俺付けとなるように手を回した。

事実を知れば知るほど沸き立つ憤怒も憎悪も呆れもすべて、自分に向けられた。

俺の甘さが、レティをここまで追い詰めた。あまりの怒りにどうにかなるかと思った。自分だけ楽な道を選んだ。必死になって彼女を守るために力をつけたのに、何もしなかった。孤独な彼女に寄り添うことも。その身を案じても、便りすら出さなかった。

食事も取らず睡眠も削った。そんな時間は必要ない。俺に必要なのは、知ること。それから……レティをあの男から奪うこと。

エルネスト殿下の言葉が頭に浮かぶ。

『横暴だと思われるか、巧妙だと思われるか。もしくは計画的、などか？　過程さえ間違えなければ結果はついてくる。過程も結果もあれば、誰も文句は言えまいよ。浅慮な者は過程を急ぎ、結果のみを求める』

そうだ。やり方次第だ。絶対に間違えない。

粛々と強かに、それでいて確実に。

ずっとずっと望んでいたことを……

準備は整った。

「兄上……レティシオンは、俺がもらいます」

兄上は男爵令嬢と視察に出た。周囲は止めたが、俺は止めなかった。

二人が乗った馬車に向かって告げる。窓から覗く馬車が見えなくなり、俺はすぐに父の元へと向かった。

両親の説得は早いものだった。

兄の行動には気づいていたようだが、あまりにも兄が悪びれもせずに言い、レティが何も言わないものだから攻めあぐねていたと。そんなのは言い訳だ。婚約者のいない俺に王位を継がせることは貴族達の手前はばかられるから、弟が育つまでは兄を据え置こうとでも思っていたのだろう。

それに、ベルモンド公爵家からも何も言われていない。だから決断を先延ばしにしていたのだ。最近は兄が上手く行動したために、レティにも直接会えていないという。俺の甘さはこの親譲りなのかもしれない。本当に不要な部分だ。

俺は二人へと自身が作った書類を渡す。それは兄の学園内での言動、執務放棄、そして男爵令嬢との関係と視察への同行に加え、レティの執務代行への功績と、学園での兄による孤立といった内容をまとめた報告書だった。

気づいてはいたが、こうやって並べ立てられると二人は黙り込むしかできなかったようだ。父は静かに怒り、母は涙すら滲ませている。特にレティの誕生日には花束のみで済ませ、レティへのプレゼントとして購入した宝石付きのネックレスを男爵令嬢へと渡していたことを知ると、母は書類を折り曲げて、怒りに震えていた。

一つ一つを説明した後、俺はこのまま公爵家へと向かい、ベルモンド公爵にレティと兄との婚約を解消し、自身を婚約者にしてもらいたいと話をすると伝えた。

二人の返事は待たず、

「ベルモンド公爵と夫人の許可をいただき、レティに俺を赦してもらえたならば、俺はどんな立場になろうとレティと婚約します。それは王になれなくとも、です。ベルモンド公爵が父上との対談を、というのであれば共に来ていただくことになるかと思いますが……その際にはご決断を、国王陛下」

一礼し、すぐに馬を走らせた。手綱を持つ手が震えていたが、それには気づかないフリをした。

公爵と夫人、そしてレティに頭を下げ、俺はレティの婚約者となった。

王太子となることは、俺にとっておまけのようなものだったが、ありがたく受け取った。レティが王妃になりたいと願うのならば、必要な肩書きであるからだ。

それからは何をするにもやる気に満ち溢れていた。レティが俺を受け入れてくれたというだけで、世界がこんなにも色鮮やかになるとは。

ただし、兄を追い詰めることは忘れなかった。王太子の交代が決まったことを兄には俺から伝えるとして、両親には話をつけた。そして俺はかつて兄に配置換えされ、俺付きにした従者に直接言づけをさせる。

「兄の元に到着したら、その日は様子見をしてくれ。共に行った女との行動が知りたい。翌日、女といる時を狙って、伝えたいことがあるから女とは離れるように促してくれ。それを断ったなら、話すことはできないと帰ってきていい」

「承知しました。男爵令嬢と離れた場合は、事実をお伝えしても？」

「離れたらな。もしも話を聞いて激昂するようなら、騎士に止めに入るように伝えておく。くれぐれも怪我のないように」

「御意」

兄の言い分をきっちりと疑う者だ。当然、仕事はできる。

「それと……」

「はい？」

「帰りに学園から王城、あとベルモンド公爵家の周辺に向かう道中などにある菓子屋を探しておいてくれ。地図に描いてくれると助かる」

「菓子屋、ですか。他の店も必要とあらば探しますが」

「女性が喜ぶものがある店だな」

「承知しました。侍女に聞いて見繕っておきます」

「頼んだ。ああ、それと宿はしっかりと体を休められるところを選べ。値段は気にせず、遠慮はするな」

「ありがとうございます」

想像通りというか、狙い通りというか。

兄はまるで新婚旅行であるかのように視察先で女との時間を楽しんでいたようだ。従者が伝えようにも、女からは一切離れなかったらしい。

伝える努力はした。それに婚約解消と再婚約については手紙を送り、必ず最後一文に、読んだら返事を出すようにと書いていたが、ついに返事が来ることはなかった。

伝言すらもまともに受け取らない、ということは両親だけでなく家臣にも伝わる。これで兄を王太子に、などとくだらないことを言う者はいなくなった。

公爵からの後ろ盾がもらえた時点でそんな愚か者はいないとは思うが、万が一のためだ。一応、しきたりとしてはあちらが正統だから、やるなら徹底的に、である。

今回、使いを出したことで、菓子屋だけでなく花屋と雑貨屋などの情報も仕入れられたから成果は上々だと言えるだろう。

手土産を持ってレティの元へと向かうのは、心から楽しかった。今まで我慢していた言葉を口にできることがこんなにも喜ばしいことだとは。

俺が渡す贈り物に、嬉しそうに微笑むレティが可愛くてたまらない。

自分の色とレティの色が交ざったリボンを一目で気に入り、いつかつけてほしいと思って渡した日もある。レティが読んでみたい、と何の気なしに呟いた小説のタイトルを覚えておいて、買っていったことも。

ある意味ではストーカーに近い。いや、むしろ公然としたストーカーになりつつある。それでもいい。レティに嫌われなければ。

執務も学業も、騎士団の鍛錬も、手を抜いてはいない。女に現を抜かして……などと言われる隙を与えるはずはないのだ。誰にも文句を言わせない。ここで少しでも油断すれば、すべてが無駄になってしまうのだから。

そしてそのやる気は、レティにももちろん向けられる。

「あなたは美しい。あなたには、笑っていてほしいんだ」

「……ありがとうございます」

俺の言葉に頬を染める愛しい人を思う存分愛でられることが、こんなにも多幸感をもたらすとは。

隣に座り、お互いに本を読む時間も心地が好い。俺の手には、レティがわざわざ買ったという隣国の歴史書が。随分と読み込んだ形跡があり、中には書き込みがされているページまであった。

これを偶然買って読んだだけだと誤魔化すのは無理があるとは思うのだが、耳まで真っ赤にして目を泳がせるレティが可愛くて、誤魔化されたふりをした。

俺が渡した本も好評だったようだ。特にヒロインの姿が健気で良かったと言っていた。レティは単純に感想を述べているつもりだろうが、俺にとっては良い情報収集になる。俺付きの侍女からも、レティの好みの把握のためにも引き出せる情報は多く引き出してほしいと頼まれているために、俺はいくつか質問をして、彼女の好ましいと思う傾向を探るのだった。


本を読み終えたレティが一通の手紙を手に取る。それはあの、兄の恋人気取りでいる男爵令嬢がレティの机へと忍ばせたものだ。

レティはまだ誰の仕業か知らない。誰が入れたのだろう、とは口にしないから、犯人探しをする気はないのだと思う。それならそれで良い。レティが知りたくなった時に知るのが一番だ。今奴らの話題を出して気落ちもさせたくもない。

そうしてレティの言葉を待っていたら、ポツリと私は物語の人物のようね、と彼女が呟いた。

手紙に悪役令嬢と書かれてあったことか？　と察するものの、ふとある考えに思い至った。

「確かにその美しさは現実離れしているな」

レティはまさしく物語の中から出てきたと言われてもおかしくないほど美しく聡明だ。これで性格も優しいのだから、人間離れしていると言っても言いすぎではない。

「あなたが悪役令嬢というのならもっと悪役らしく俺を振り回してくれないと」

俺はまだレティのわがままを聞いていない。彼女がもっと自分のやりたいことや見たいことを口に出してくれるようになるのを願っている。

きっともう少しで、彼女の心はまた花を咲かせてくれるだろう。その気配を感じている。彼女が悪役令嬢になったなら、俺は喜んでその手のひらの上で転がされるだろう。

いつか翻弄されるのもいいな、などと思いながら、小さく笑う彼女へと希望を見出すのだった。

第四話　俺と彼女の変化

毎日レティの元へと通っていたために、レティから俺の体調を気遣う言葉が出てきた。俺の体調は何ともないし、むしろ好調の方なのだが、毎日は通わなくてもいいと言われてしまった。

それは困る。その方が、俺は体調を崩すと思う。

俺がしたいことをしているだけだと伝えると、レティから自分にできることはないかと尋ねられた。

それならば……

「俺は、あなたの口からレティシオン自身を褒める言葉が聞きたい。手始めに……私は美しいと言ってみようか」

「……自分でそう口にするのは……」

「俺のためにできること、なのだったら今はそれが一番嬉しい」

自信を取り戻すには、自分自身を褒めるということが良いと思ってのことだ。もちろんレティの良さは数多あるが、自分の外見を褒めることなどそうなかっただろう。

いつもと違うことをして、これまでの環境とは違うと無意識にでも思えればいいし、何よりたとえ以前のように笑えなくなっていたとしても、俺にとってはあなたはいつも美しいのだと伝わってほしい。

俺が本気なのだと分かったのか、レティはしばらく赤い顔をして逡巡した様子を見せ、

「何を言ってるんだ、と思わないでくださいませね？」

と、潤んだ瞳で上目遣いに言ってくる。

恥ずかしいが故の赤面に涙目なのだろうが……。この人は自分が俺にどれだけ魅力的に映っているのか自覚がないな……と、頭すら抱えたくなるような可愛さに、どうにか自分に落ち着けと言い聞かせて平静を保つ。

「俺からお願いしているのに、思うわけがない。さぁ、レティ、自分は美しい、と俺に聞かせてくれ」

にこりと笑って言えば、レティは小さく頷いて目を閉じ、三度深呼吸をする。

ゆっくりと開いた瞼は伏し目がちだったが、胸の前で握られた手に力が込もったのが分かった。


「……私は、美しい」


小さな……本当に小さな声だったが、確かに俺の耳には届いた。そして恥ずかしそうにしながらも、その声には幼い頃から聞いてきた、彼女の強さが滲み出ていた。

胸が痺れる。このまま腕を伸ばして抱きしめてしまいたい。

あなたを傷つけるすべてからあなたを遠ざけ、俺だけのものにしたい。

俺だけに笑ってほしい。その笑顔をすべて、俺に向けてほしい。

そんな衝動が身体中を駆け巡るが、それらを抑え込んで、俺はありのままの想いを言葉にして伝えた。

「……その通りだ。本音を言うなら、むやみやたらに笑顔を振り撒かないでほしい。あまりにも可愛いから、皆があなたに惚れてしまう。レティシオンに惚れるのは俺だけでいいんだ。だから心から笑うのは俺の前だけでもいい」

矢継ぎ早に出てきた言葉に、レティは少しキョトンとした後、首を傾げた。

「もしかして……それが言いたくて私に自分を褒めろと？」

「半分正解で、半分不正解だ。本音は今の通りだが、あなたに自信を取り戻してほしいとも思っている。それはきっと自分自身を認めて褒めることから始まると思うんだ。分かりやすいものが、あなたのその美しさだったから、まず始めに、な？　でもやっぱり、一番の笑顔は俺にだけ……」

最後に出た本音に、レティが……思わずといったふうに噴き出し、声を出して笑った。

「ふ、ふふふ。ヴィクトール様ったら……ふふふ、こんなことを言う私を褒めるのは、ヴィクトール様ぐらいしかいらっしゃいませんわ。ふふ、初めて口にしましたもの。恥ずかしかったですわ」

おかしそうに……無邪気に、笑う。あなたが俺に笑ってくれるなんて。俺にだけ、笑ってくれる。目頭が熱くなり、必死に堪える。

「レティシオン、あなたは俺にとっての女神だ。昔からずっと、あなたの笑顔に俺は励まされてきたんだ。だからどうか、自分を褒めてあげてほしい。俺のためにも、お願いしたい」

レティはまた笑って了承してくれた。


公爵家の邸内にいる間は、公爵夫妻や侍女達とも積極的に交流した。ここの女性達はなかなかに強く、レティお嬢様のためならばなんだって、という考えの者ばかりだ。

だから余計に、ここ二年間はやきもきとしていただろう。レティは彼女達に心配をかけたと謝っていたが、皆、お嬢様は悪くありません！　と言い切り、何なら俺に対しては鋭い視線を向けてくる者までいた。

これはあれだ。これ以上、王家絡みでレティに何かしたら許さないといった目つきだろう。特にその圧が強い二人に、俺はレティに関するとあるお願いをすることにした。

「今後、彼女が喜んだものなどを教えてほしい。それと俺と会う時にレティシオンの身支度は君達が手伝うのか？」

「ええ、私達がお手伝いさせていただくことが多いです。お嬢様の身支度を手伝わせていただきたいという侍女はたくさんいるのですよ」

「だろうな。俺もできるならあの髪を梳いてみたいものだ」

「それはお嬢様の許可が下りてからされてくださいませ」

「ああ、分かっている。それで、だ。今後、俺と会う時のレティシオンの身支度には、時間の許す限り手をかけてくれ」

「……承知しました……それにはどのような意図があるのかお聞きしてもよろしいでしょうか？」

「彼女を美しくするための時間ならば、俺はいくらでも待てる、ということだ。俺もレティシオンに会いたすぎて早めに着いてしまうことがあるだろうが、俺のことはいくらでも待たせていい。君達の思うようにレティシオンを美しくしてくれ」

「お任せくださいませ！」

この二人とは長い付き合いになりそうだ。くれぐれもレティを頼むということと、俺への態度については公の場でない限りは不敬を許すから、何でも言ってくれと伝えておいた。もちろん彼女達以外の侍女にも、だ。

強く頷いた二人は、その後も俺にとっては有益な情報をもたらす優秀な協力者として働いてくれた。

レティが甘いものが好きで、味つけはシンプルなものを好むという情報を彼女達から仕入れ、手土産にマフィンを持っていった。そのマフィンをレティがそれはそれは美味しそうに食べていたのを見て、侍女と三人、互いを褒め合うように視線を合わせ頷いたのだった。

この頃、レティには話していなかったが、俺は兄についている騎士から逐一、二人の行動について報告をもらっていた。騎士団で稽古をしていたこともあり、彼らは俺に協力的なので大変ありがたい。

相変わらず二人で旅行気分を味わっているらしい。一応の良識はあるのか豪遊はしていないようだが、視察として十分かと言われるとまったく、というレベルだ。

彼らには帰ってこられても煩わしいだけだ。折角、レティに元気が戻ってきたのだから、まだ離れていてもらわないと困るのだが……本人達もまだ帰る気はないとのことなので、一旦は放置しておくことにした。

まぁ今となっては俺が動く必要もなく、父が兄の素行調査のためにあの二人はしばらく帰さないようにすると言っていたので問題ないだろう。

ここで兄が婚約解消の書かれた手紙を読むなりして、無理矢理にでも帰ってきていれば、もう少し未来も違ったのかもしれない。だが今のように俺と兄で無駄な争いをしなくて済むことになるのは良かったのかもな、と思う。

なにせ時間の無駄だ。そんな時間を使うなら、レティのそばにいたい。

そういえば、隣国の面々にも手紙を出さなければいけないとは思ったが、もっと状況が落ち着いてからにしようとペンを取るのをやめた。帰国してすぐに無事に到着したことと、留学中のお礼は手紙にして出している。それ以降、エルネスト殿下は便りがないことを良いことだと思ってくれそうだが……イバンは騒ぎそうだ。それは色々と落ち着いてから謝ろう。彼のことだ。話題を提供すれば恐らくは落ち着くだろう。

一度意識を切り替えてから、俺は肩代わりした兄の分の執務をこなすべく書類へと目を通すのだった。

外に出るようになってからのレティは、あっという間に彼女らしさを取り戻した。始めに提案した領民との対話も、公爵夫妻のなれそめが聞けたと喜んでいた。両親からの愛情をしっかりと感じている分、喜びもひとしおだったようだ。

孤児院での彼女は、特に輝いていた。

最初の方しか見られなかったが、彼女はまずペンの持ち方や姿勢から教えていた。基本を疎かにせずきっちりと教えておけば子供同士で教えることもできるだろう。教える、とはこういうことかと感心していると、俺は剣を習いたいという子供達に背中を押されて外に出ることとなった。

今日視察で訪れた孤児院では、木剣は管理されていて、稽古したい時には先生方から借りているという。子供だけで扱わせては怪我をしてはいけないからだろう。俺もレティを見習って、剣がなくともできる鍛錬をまずは教えた。その後に、剣を持った際の心構えを話す。

「お兄さんは闘神ぐらい強い？」

「どうかな。今は他国から攻め入られることがないから実際のところは分からないが、守りたいもののためなら闘神にだって負けない自信はあるぞ」

「守りたいものって、レティシオンお姉さんのこと?」

「彼女ももちろんそうだが、俺には君達も守りたいものの中に入っているよ」

そう言って頭を撫でると、子供は嬉しそうに笑う。

「僕もお兄さんみたいに大きくなって、ここにいる子達を守れるようになりたいんだ!」

「ああ、君が努力を続ければなれるよ。そのために俺達がいるんだから」

この国の未来は明るい。そう思える時間だった。

皆と体を鍛え、剣を振るっていたら、一人の少女が焦った様子で俺達の元へと駆けてきた。

事情を聞くと、突然レティが泣き始めたという。慌てて戻ると、子供達から声をかけられながら泣いているレティがいた。聞けば、子供達が自身の名の次に書いたのがレティの名前だったという。それは確かに……涙が出るのも仕方がないと思えた。

しかし泣かせたままにしておくのはいけないと俺も皆と一緒に声をかけていたところ、昼寝から起きてきた幼い子達に、俺がレティを泣かせたと勘違いされてしまった。

「にいちゃ、めっ!」

「いや、これは嬉し泣きというもので……」

「ごめんして!」

「ご、ごめんなさい」

この頃にはレティも泣き笑いのようになっていた。

レティに文字を教わった子供達が書いた字を見せてもらったが、俺なんかよりもよっぽど綺麗な字で驚いた。これには俺も自身の悪筆を見直さないとな、と思わざるを得ないほどだ。それを子供達に言うとレティのおかげだと、彼女にお礼を言っていて、その素直さに自然と笑みが零れた。

帰り際には小さなライバルまで登場しかけたが、そこは断固として譲らなかった。子供達からは笑いとブーイングが起こったが、レティがまた来ますね、と言えばそれらも収まる。レティも子供達も心からこの時間を楽しんでいるようだった。


帰りの馬車の中、強引ともいえるこじつけで握った彼女の手の柔らかさは、俺がずっと求めていたもので……

「それだけ鍛錬を重ねてきた手ですもの。とても頼もしくて……私はずっと、この手を握ってみたかった」

とても穏やかな時間だった。この温かさを、俺は守っていかなければならないと思った。

「どうか……この手を離さないでいてくださいませ」

「……ああ、もちろんだ」

一生、離すものか。

俺が決意を新たにしたところで、兄達に動きがあった。二人は旅行気分を満喫して帰ってきたようだ。ただ、その足取りはゆっくりしているとの話だったため、それをもう少し延ばさせようと従者に計画を伝え、彼らを王城には近づかせないように誘導する任務を与えた。

自由を得た者はこうまでも伸び伸びと行動するのかと思うほど、兄はこの視察を満喫していた。レティがどうなっているかも知らず。

せいぜい浮かれていろ。気づいた時にはあなたのいるはずだった場所には、俺がいる。いやむしろ、あなたの居場所はなくなっているのだが……それを伝える必要はないなと判断し、俺は従者へよろしく頼む、と伝えたのだった。

第五話　俺と愛する婚約者

孤児院での体験を経たあたりから、レティが昔のように美しく笑うようになった。本人も憂いがなくなったようで、発言からもそれが現れていて安心する。

しかしここでなんと、レティからデートに誘われてしまった。

興奮しないわけがない。俺はこの機を逃してはなるまい、と侍女を連れて公爵の元を訪れた。

「ベルモンド公爵、突然すみません。少しお時間をいただけますか？」

「その様子だと、レティシオンからお誘いがありましたかな？」

「ご存知で」

「ええ、発案者は妻なのですがね」

公爵曰く、娘は遊びに出ることがなかったから卒業までに一度は行かせてあげたい、と夫婦で話をしていたらしい。その時に夫人が、それならヴィクトール殿下と共に行くことが一番でしょう、と言ってくれたのだ。

侍女達とも相談済みで、レティにはお店の話題だけを提供したそうだ。今のレティならば、俺を誘うだろうと踏んで。

「侍女達も大張り切りで。どうぞ彼女達も巻き込んでやってください」

「これほどまでに心強い味方はいません。ありがとうございます！」

それからレティの部屋に戻るまでに侍女達にも声をかけると、皆が喜んでついてきてくれた。

女性の服のことはよく分からないところも多いが、何が似合う、どんな色がいい、などは積極的に口を出した。

最終的に王都で流行っているという形のデザインとなった。白のシャツを着て、その上から赤茶色の生地で紐付きのベストとスカートを身につける。

シンプルながら絶対に似合うと確信した。隣りに座ったレティも照れながらも、可愛いと言っていたので俄然、当日が楽しみとなった。


迎えたデート当日。俺は白のシャツで焦げ茶のスラックスを身につけ、待ち合わせ場所となっている玄関ホールでレティを待つ。

そわそわとしていると、夫人に連れられてレティが登場した。

のだが……

「か、かわいい……」

なぜだ。どうして、こんなにも可愛い。いや可愛いのは当たり前なのだが、普段よりも柔らかな印象だからなのか。とにかく可愛らしいのだ。いつもより大人しいデザインであるし、髪型だって一つにまとめているだけ。

それなのに、なぜ！　興奮する俺に、レティが近寄ってくる。

これは……彼女自身ももしかしたらとても楽しみにしてくれていたのではないかと思う。いや、楽しみにしてくれていたのだ。

俺達の様子を微笑んで見ていたのは公爵夫人だ。

「大事にしてあげてくださいませ。何しろ、娘は初めてのデートですのよ。とびきり素敵な思い出にしていただかないと。レティシオンをお願いしますわね、ヴィル様」

「ええ、何よりも大事にします。何があっても、無事にレティシオンお嬢様をこちらまで笑顔で送り届けます」

見送ってくれる公爵夫妻と侍女達に手を振って、俺とレティは初めて馬に相乗りして出発した。

行列ができるほどの人気のカフェ。

俺もこんな店に入ったことはなかったが、レティも初めてで、メニューを見ながら目を輝かせる彼女はとても可愛らしい。デザートを何にするか悩んでいたので、俺のを半分あげると言うと、更にその目に輝きが増していた。

しかしここで。またもや俺を興奮させる出来事が起きた。

「はい、ヴィル。あーん」

差し出されたスプーンに、美しく笑う婚約者。周囲の目線は間違いなく、レティに注がれている。以前彼女が呟いた通り、まるで物語の中の一風景のようだったからだ。

食べるのがもったいない。ずっと見ていたい。けれど食べねばレティを悲しませることになる。満を持してスプーンを口に入れると、満足そうにしながらも少し俺を気遣うようにレティは首を傾げる。

「嫌だった？」

「まさか。またしてくれ。いつもしてほしい。今すぐでもいい」

もう一口も文句なしで美味かった。

帰り際に店主へと挨拶をしていると、レティから俺を婚約者だと紹介する言葉が出てきて、おまけに自分にはもったいないくらい素敵だと……

俺の方こそ、レティのような素晴らしい女性の婚約者でいられることを誇りに思う。本当に世界で一番幸福な男は俺だ。自信を持って言える。

その夜、公爵から今後もレティの婚約者として娘をよろしくお願いします、といった内容の手紙をもらった。レティが俺との婚姻を心から望んでくれたのだ。

その手紙を読み、大事に机へとしまう。プロポーズはどこでしよう、と浮かれる心を抑えていた。

その日は、唐突に訪れた。

「ヴィクトール様、私の願うことはすべて、叶えてくださるのですよね？」

普段は距離の近い侍女達の姿はなく、俺とレティの二人きりの空間でレティが尋ねてきた。俺はそれに答える。

「ああ。どんな願い事でも叶える。たとえ時間がかかったとしても、絶対に」

俺の回答を聞いたレティは嬉しそうに目を細め……

「それならば……私の初恋を、叶えてくださいませ」

その言葉を聞いた途端、俺の頭は真っ白になった。

「初……恋………」

動揺を隠せない俺だが、レティは俺の返事を待たず話を続ける。それ以上の言葉を聞きたくて、聞きたくなくて、俺は混乱したままただただレティの紡ぐ言葉を耳にするしかない。

「私はこれまで、そのお方にしかこのような恋情を抱いたことはありません」

それは……兄に対してか？

兄が冷たくなったことを、心のどこかで……憂いていたのか？

だって、そうでなければ、俺にそのようなことを言うはずがない。いやでも、その相手は俺だということはないか？　俺であってほしい。頼む、俺であってくれ！

レティに分からないように、内心では暴れ出してしまいそうな自分を押さえつける。だめだ。まだ……まだ、彼女の話は続いているのだから、と。

「幼い頃に自覚した初恋……でも、私はこの気持ちに蓋をしなければなりませんでした。絶対にこれを口にしてはいけない、望んではいけないのだと……言い聞かせてきましたわ」

レティが自身の両手を胸に当てる。初恋の相手は俺であってくれと祈っているのは俺の方なのに、彼女のその動作はまるで何かを祈るようにも見えて――

「だってそれは……婚約者として紹介された方の、弟君でしたから」

婚約者として紹介された、人の……

「おとうと……」

「ええ。真っ赤な髪とそれと同じ色の瞳をした、とても元気で意志の強い男の子が、私の初恋相手です」

「……赤い、髪」

ぽつぽつとしか話せない俺に、レティは柔らかに微笑む。

「あの方が私に嫌悪感を抱いているのは分かっておりましたわ。王子妃教育で常に理性的にならなければいけない私を嫌に思うようになったのでしょう。それは伝わっておりましたが……王城に行けば、初恋の相手に会える。『いつも頑張っておられますね。日に日に王妃に近づいておられる。俺もレティシオン様のように努力できる人間になりたいです』と、いつも私のことを認め、励ましてくれる彼に会えると……」

……幼い頃からずっと思っていたことだ。レティが挫けず諦めなかったから、俺も常に上を目指そうと思えた。王妃となるべく努力を重ねる彼女の姿に、何度励まされてきただろう。それを素直に口にしていただけで……

ふいに、俺の両手がレティの白く柔らかな両手に包まれる。温かくて優しいその手に、俺の心ごと包み込まれるような感覚がする。

「王妃として国王陛下を支えられる人間にならなければと思いながらも、私の背中を押してくれるあなたに……振り向くことを許してほしいと願う気持ちを、必死に抑え込んでおりました」

彼女も……堪えていたのか。俺のように、自身の気持ちに葛藤して……

「王妃になりたかったのは、周囲からの期待に応えたい気持ちもちろんありましたが……あなたに失望されたくないとも強く思っていました。前を向いて胸を張っていれば、きっとあなたは私を見ていてくれる。あなただけは、私を支えてくださると……。勝手ながら、思っていたのです」

少し呼吸が乱れ、レティの緊張感が伝わってくる。

「本当は……ヴィクトール様が留学に行くと聞いて、引き止めたかった。行かないでほしいと……そばで私を勇気づけてくださいと……ずっと……ずっと、願って……」

愚か者の俺が、この手を伸ばすことが、許されるなら――

「……もう、遅いかもしれないが、その願いも叶えることはできるだろうか？」

小さく震えていた体を、思いきり抱きしめる。二度と離すものか。どうしてこれまで離れていられたんだ。

思うことはたくさんある。気づけなかった自分への悔しさも憤りもあるが……なにより、この人を……レティをこの手で抱きしめられることがこんなにも嬉しいなんて、知らなかった。

俺の問いに、レティは静かに言葉を返す。

「……ヴィクトール様にしか、叶えられませんわ」

お互いに強く抱きしめ合って。それこそ、この十年間の想いをすべて込めるように、腕に力を入れる。

「あなたの初恋も、そばにいてほしいという願いもすべて……すべて俺が叶える。誰にも譲らない、俺だけのものだ」

「ヴィクトール様……心から、お慕い申しております。あなたに初恋を捧げ、これまであなただけをお慕いしてきました。どうか私を、あなたの――」

嬉しいことをレティが言ってくれそうになったが、そこはどうしても俺から言いたかった。彼女を制止し、名残惜しいが体を離す。そして地面に片膝をつき、彼女の右手を取った。

小さな手だ。その小さな手を自分の方へと少し引き寄せ、手の甲へと口づける。

「レティシオン・ベルモンド様。どうか、このヴィクトール・シュヴランと結婚してください。俺の生涯をかけて、あなたを支え、守り、愛し抜くことを誓う」

レティの美しいすみれ色の瞳に、じわりと涙の膜が張る。

「……光栄にございます、ヴィクトール・シュヴラン様。どうかこのレティシオン・ベルモンドを妻とし、おそばにおいてください」

「レティ、愛してる。あなただけを、ずっと愛しています。あなたが王妃でいてくれるなら、俺は必ず賢王となってみせます」

「ヴィクトール様、私も、あなただけを愛しておりますわ。王となるあなたをお支えし、立派な王妃となれるよう、これから誠心誠意、努めてまいります」

初恋も、これからの恋情も愛情も、すべてレティに捧げる。それを受け入れてもらえることが、何よりも嬉しくて仕方がない。

あまりの幸福に我慢できなくなった俺は、立ち上がってレティの腰と膝裏に手を回し、そのまま彼女を横抱きにした。喜びのあまり、勢い余って一回転してしまう。

「あなたをこんなふうにこの手に抱けるなんて、夢みたいだ」

「夢にしないでくださいませ。私はこんなにもドキドキしていては眠れませんもの」

少し拗ねたような口調も可愛い。こんなにも可愛い人が、俺のプロポーズを受けてくれたのだ。両腕にかかる重さが、それが夢でないと教えてくれているのに、いまだに信じられない心地ですらある。

「本当にな。俺もずっと心臓がうるさいぐらいだ。しかし……初恋と聞いて心臓が止まるかと思った。それだけは叶えられないから、どうしようかと」

「ふふ。悪役令嬢らしく、翻弄できたかしら?」

「見事にレティの手のひらの上だったんだな。こんなに愛らしい悪役令嬢がいては困りものだ」

悪役令嬢らしく、と笑うレティ。やめてくれ。それこそ俺は翻弄されまくる。

その時にふと、これからの二人を想像してあることに気が付く。

「レティ、二人きりの時は、様、は外してくれ。すぐには無理でも慣れてほしい。それと、俺はあなたから呼ばれる俺の名前が好きだから、そのままヴィクトールと呼んでくれ」

慣れないからだろうが、遠慮がちに呼ばれた自身の名に、喜びもひとしおだ。レティはそのままレティと呼ぶことを気に入ってくれたみたいで良かった。幼い頃、こっそりと練習していた自分が報われたような気持ちになる。

未来のことを話せることで、彼女に対する愛情がどんどんと俺を大胆にする。ずっとしたかった頬への口づけをして、俺は俺の願いを口にした。

「レティ、あなたはずっと俺の憧れだった。どうかこれからも俺の元で美しく笑っていてくれ。そのためならば俺は何だってしてみせる」

「ありがとう、ヴィクトール。愛しています。これからも、私を幸せにしてくださいませ」

返事をくれたレティは俺の首に抱き、顔を埋めていたけれど、俺が数度頬ずりすると、その顔を少し見せてくれた。

その唇に、自身の唇を寄せる。

最初は一瞬。柔らかな感触に一気に愛おしさが溢れてきて、レティを見るとこれまで見た中で最も美しい表情をして俺を見つめ返してくれた。

彼女のすべてに引き寄せられるように再度唇を重ね、俺は間違いなく、世界で一番幸福な男となった。

幸せにしてくださいませ、という彼女の言葉に、もちろんだと返事をして、俺は表情を緩めてレティを見つめる。今はいい。今だけは、ただのヴィクトールとレティシオンだ。初恋を叶えただけの、ただの幸せな男女だ。

「……覚悟してくださいね。悪役令嬢は恐ろしいのですよ？」

その発言の後、近くにあった顔が離れていき、これまでよりじいっと顔を覗き込まれる。あまりにもだらしない顔になっていたかと不安になり、レティ？　と呼んでみても、彼女からの応答はない。

どうしたのかと思った瞬間、レティの手が俺の頰に添えられ、それとは反対側の耳に彼女の唇が寄せられた。

「ずっとずっと、私の恋心はあなただけに向けられていましたわ」

「……レティ」

「大好きよ、ヴィクトール。私からの初めても、もらってくださいませ」

どんな初めてを……と考え終わるよりも早く、俺はレティからの口づけを受け止めた。自分から先ほどしたばかりだというのに、その感触も感情もすべてが別格で……

俺は本日二度目の頭が真っ白な状態へと陥った。

気づけば俺は、尻もちをついていた。もちろん、抱きかかえていたレティには怪我を負わせるようなことはしていないけれど。

それでも。それでも、だ。

レティからの初めての口づけは俺にとんでもない衝撃を与え、腰まで抜かさせてしまった。なんということだ。なんという……

「ヴィクトール様、大丈夫ですか!?」

レティの声に、直前の彼女との距離の近さが蘇る。返事を、しなければ、大丈夫だと、心配いらないと言わなければ……

でも今は、それよりも。

「……もう一回頼む」

これを望んでも、許されるなら。

聖母のような微笑みを浮かべたレティが俺の頭に唇を寄せる。その瞬間に、俺の中で何かが決壊した。様々な感情が押し寄せて渦巻いて、暴れ回って……

「ええ、何度でも」

目の前の細い体に縋りつくように抱きつけば、優しく優しく抱きしめ返してくれる。

気づけば俺は泣いていて。愛していると呟いていた。温かな手のひらが髪を撫でる。頬ずりも口づけもたくさんくれる。愛していますと言って、抱きしめてくれる。

幸福に上限はないらしい。世界一幸福な男は、きっとこれから先、その想いを更新していくのだろう。彼女にも……レティにもそう思ってほしい。そう思ってもらえるように、俺はこれからもっともっと頼りがいのある立派な男になる。

だから今は、優しいこの腕の中で愛を感じていよう。抱きしめる強さに想いを込めて。

俺達は互いを抱きしめ合った。

やっと気持ちも落ち着いて顔を上げると、もう待ちきれないといったふうに侍女達が大泣きで駆け寄ってきた。皆一様にお祝いと、腰を抜かした俺と巻き込まれたレティを心配する言葉をかけながら、最後にはおめでとうございます、と言葉がついてくる。

レティは照れくさそうにお礼を言っていた。俺も侍女達に心配をかけた詫びと、これまでのお礼を伝え、和やかな空気を纏った心地好い時間が過ぎていった。

第六話　俺と悪役令嬢が摑んだ未来

　学園への復帰は俺の予想よりも早く、レティから言い出された。彼女自身を取り戻すために必要なことだと思っていたが、前向きとなった理由の一つに可愛い嫉妬心があったとは。緩む頬はそのままに、送迎と昼食の約束まで取り付けてしまった。

　心配なのはもちろんある。でもそれと同じくらい、残り少ない彼女の学園生活に俺との思い出を刻んでほしかったのだ。

　そうして無事に約束も取り付け、実際にどのようなことをしてみたいのか尋ねてみると、以前のような強さのある彼女の姿がその裏に透けて見える回答がされた。

　やはり、本来のレティは強く芯のある女性だ。俺なんかの手助けがなくとも、その両足でしっかりと立ち上がり、踏み出すことができる。

　これまでは兄によって話すことを禁じられていたとはいえ、周囲から意図をもって避けられてきた事実がある中で、話しかけることは容易ではないだろう。しかも俺がまだ彼女の婚約者となったことも、俺が王太子となることも国民には公表していない。

　レティの中では変わっていても、周囲はそれを知らない。その壁を打ち破る勇気を持てたことが一番のレティの変化なのかもしれない。

　俺が手を出すことは簡単だが……望まれない以上は、見守るしかないだろう。

少しでも力になれることがあればと話を聞いていくと、レティの中でも不安なところはあるようだ。

「まずは声をかけるところから始めたいです。皆様、お話ししてくれるか分かりませんが……」

皆、レティと話したいと望んではいるだろうが、二年あまり、兄からの脅迫めいた命令があったがために、周囲の殻を破るのもまた難しいところはある。

それならば……どうしても逃げられないような状況を作り上げてしまえばいいんだ。

「……じゃあ、絶対に答えたくなる、とっておきの技を伝授しよう」

レティは美しい。それこそ俺は、絶世の美女という言葉は彼女のために存在しているとすら思っている。レティ本人にその自覚はないが、周囲からすればこれほどの武器はない。

美しさだけが強味だというつもりは一切ないが、美しさが強味であることは確かだ。自国や他国の歴史を見ても、国を治める立場にある者が美しい者に唆されたが故に国が危機に陥ったという話は少なからず存在する。使い方によっては、その者が存在するだけで国を滅ぼすほどの威力をも持つ。これほどの武器はないだろう。

それにレティの場合は、ただでさえ周囲から抜きん出るほど整った容姿でありながら、その聡明さや優しさ、思いやりの心といった内面の良さがも兼ね備えており、所作においては令嬢方の手本となるほどの優雅さだ。

彼女がその武器を最大限に生かせば……結果は目に見えている。

「まぁ、そんな技が？　是非教えてくださいませ」

「ただし、これをするのは女生徒にだけだ。間違っても男にはしてはだめだから、それは覚えておいてくれ」

「承知しました。それで、どのような技を？」

「上目遣いで、教えてほしい、とお願いするだけで大丈夫だ」

不思議そうな表情になり、数度瞬きをするレティ。そんなことで、と思っているのだろう。

「それだけ……ですか？」

ほら、やっぱり。

「レティは自分の美しさをやはり理解しきれていないようだな。ちょっとあの鏡に向かってやってみよう」

手を引いて鏡の前に座らせて、レティに実践を促す。

「……教えて、いただきたいです」

「もう少し顎を引いて。上目遣いだ。首を傾げてもいいな」

「教えて、いただきたいです」

「語尾はもう少しくだけた感じで」

「教えていただき……たいの」

「うん。可愛い。俺の方を向いてやってくれ」

くるりと座ったまま俺へと体の向きを変えさせる。ほら、と言えば、恥ずかしそうに上目遣いで、教えていただきたいの、と。

……自分で教えたことながら、その破壊力に打ちのめされそうだ。

「これは……とても恥ずかしいですわ」

恥ずかしそうに顔を赤くする様まで麗しい。美女に現つを抜かし色恋のために国政を疎かにしてきた愚かな王の気持ちが分からなくもない。レティが優秀で良かったと心底思う。それらしいことを言って、俺は上目遣いのレティを堪能する。ここまでやるならと思って、いざという時のために泣いたり怒ったりする練習もした。するとレティは少し自信のないような眼差しで俺を見つめてきた。

「ここまでするなら、笑う練習もしなくていいのですか？」

……そんなもの、不要に決まっている。

「笑顔は俺にだけでいい。今でも惚れ惚れするほど美しいから練習なんて必要ない。まぁ、そうだな。普段は王子妃教育で受けたような淑女の微笑みで十分だ」

彼女の笑顔を独り占めしたいがために、こんなことを言ってしまう俺はやっぱり愚かなのかもしれない。

「あれで……？　人形のようだとは思いませんか？」

「そんなこと思うはずがない。あの優しく皆を包み込むような微笑みは、あなたの努力の証しだ。

俺に向けられる笑顔も好きだが、俺はあの笑みを見ると国のために何ができるかを考えなければという気持ちが自然と湧き上がる」

レティは俺の言葉に、感情を抑えようとはしたが上手くいかなかったのだろう。顔に力を入れたものの、堪えきれないように泣き出してしまった。

彼女の感情の制御は完璧なものだった。特に怒りや悲しみといった負となる感情こそ、表に出さないように幼い頃から教育されている。それは国民を不安にさせないためであり、他国に付け入る隙を与えないためだ。王妃が微笑んでいられる間は、国は安定しているとアピールするためだ。

それが俺の言葉でだけで堪えられなくなるぐらい……その微笑みの価値を否定されてきたのだろう。俺は小さく震える体を抱きしめる。

「大丈夫だ、レティ。今のあなたを見て、人形などと思う者はいない。少なくとも俺は絶対に思わない。不安になったら俺を思い出してくれ。こんなにもあなたの微笑みに惚れ込んでいる男がいるということを」

「ありがとう……ヴィクトール。私、頑張るわ。学園でやりたかったことがたくさんあるの。友人を作って、楽しくお話しして、勉強を教え合って……学生時代にしかできないことをやってみたいの」

「ああ、叶えていこう。あなたが望むこと、たくさん。あなたの微笑みは、誰しもが求めているものなのだから」

顔を上げたレティは泣いていなかった。代わりに眩しいほど美しい笑みを浮かべて、俺を見上げていた。


レティが学園に復学する日。俺は気持ちが急いで、約束より早い時間にベルモンド公爵家に到着してしまった。

俺を迎えてくれたのは、公爵と家令だった。

「おはようございます、ベルモンド公爵。約束よりも早く来てしまって申し訳ない。馬車で待っているので、レティにはゆっくりと支度するように伝えてもらえるだろうか?」

「おはようございます。もちろんですとも。昨晩から侍女達が張り切っていましたよ」

「昨晩から?」

「ええ。なんでも、レティシオンの準備にはいくら時間をかけてもいいと殿下から言われているため、久しぶりの登校に向けて、レティシオンを磨き上げると意気込んでいましてね」

腕まくりをする侍女の姿が思い浮かぶ。

「それは良いですね。尚更、待ち時間ですら褒美のようです」

「殿下ならそうおっしゃってくれるだろうと思っておりました。もうすぐ終わるとは思いますが、中でお待ちになりますか?」

「いや、ここでかまいません。ベルモンド公爵もお忙しいでしょうし、俺には護衛の騎士も付けて来ていますので、中にお戻りください。これからもこのように早く来てしまうこともあるでしょうから」

俺がそう言うと、公爵は家令に夫人への伝言を届けるよう伝え、俺へとまた向き直る。

「レティシオンをどうぞよろしくお願いいたします。殿下がいてくださるならば心配は不要かとは思いますが……あの方も、今日は登校するのでしょう?」

あの方、とは兄のことだ。兄の所在について、王家の関係者以外は公爵にだけ、その情報を伝えるようにしておいた。万が一にでもレティに接触を図ろうとするならば、即時に対応できるようにと考えてのことだ。

「はい。本当はもう数日延ばしたかったのですが……」

「いえ、殿下。今日で良かったと私どもは思っています」

公爵は穏やかな方だが、その口調にはレティに似た強さがあった。

「レティシオンが自分を取り戻すための最後の一歩として、必要な対面でしょう。周囲から孤立していても、自分から行きたいと願えたのは殿下がいたからです。今のあの子ならばきっと、立ち向かえるはずです」

俺が頷くと、公爵は俺に頭を下げた。

「何度も申し上げ、殿下にお願いばかりすることとなって申し訳ございませんが、娘をどうかよろしくお願いいたします」

「頭を上げてください。ベルモンド公爵の願いは、しかと承りました。こちらこそ、大切なお嬢様をお預けいただくこと、ありがたく思います。必ずやレティの学園生活を取り戻してきます」

俺の返答に公爵は満足そうな表情で微笑み、邸の中へと戻っていった。彼の言葉を胸に刻む。

レティが自分を取り戻すための最後の一歩として、必要な対面……か。

その時に、俺ができること。やらねばならないこと。十年にわたり俺の中にわだかまっている兄との決着の時間が、訪れようとしていた。

昼休み前になると、学年を越えてレティの噂が流れてきた。話せる機会があるかもしれないと、周囲は予想通りにざわついている。俺をちらちらと見てくる者もいたが、俺は特にそれには反応せずにいた。報告では兄は朝から学園には来ているものの、教室には行かずに男爵令嬢とふらついているらしい。

どこまでものんきな男に、頭痛すらしてくる。俺が王太子にならなければ、兄がこの国を統治していたと思うと……学園内の王族に対する規律はもっと厳しくすべきだと思った。

さて……昼休みには恐らく接触してくるだろうから、それまでに教師には話をつけておかなければ。多少の騒ぎにはなるだろうことと、今回の件に関しては陛下も許諾しているため首を突っ込まないようにと伝えるべく、授業の終わりを告げる鐘の音を聞きながら、俺は教室を足早に出たのだった。

騒ぎの中心にいるのは、俺の婚約者だ。凛としたその姿に誰もが見惚れ、彼女の一挙手一投足を見逃すまいと、前のめりになっている学生もいる。

彼女の武器はそれはもう、存分にその効力を発揮したようだ。狼狽えた兄が、レティに歩み寄る。触れさせるかとレティの名を呼べば、俺を見てさらに美しく微笑む女神が生徒の輪の中にいた。

歩み寄ってその頬を撫でると、嬉しそうに目を細める。俺にしか向けられないその表情につい抱きしめたくなったが、それはもっと後でしよう。今は、兄との決着をつける時だ。

レティは真っ直ぐに兄を見据え、力強くその言葉を口にした。

「テオディール殿下、これまで私は国王となられる殿下と共に、この国を支えられる王妃になりたいと精進してまいりました。そこに……殿下のおっしゃられたような恋慕の情はありませんでしたが、お慕いできるようになりたいと思っていたのは確かですわ」

兄の瞳が揺れる。今更後悔したところで、もう、兄の手には何も残りはしないのだ。

「しかしその夢が潰えそうになり、私自身を見失った時、私に手を差し伸べてくださったのはヴィクトール様でした。私は彼の婚約者となったことで、私がこれまで受けてきた教育は無駄ではないと、自信を持てるようになりました。私は心から愛するヴィクトール様をお支えしたい……

この方と共にありたいと、心から願えたのです」

俺もそうだ。レティとだからこそ、この先の未来で賢王と呼ばれる存在になりたいと思えた。

「私はもう、以前のレティシオンではございません。目覚めた私は、どうやら悪役令嬢のようでしたので、自身の願い事を叶えることにしましたの。私の願いは、ヴィクトール様と共にあることですわ」

レティの言葉は、俺の中に深く深く刻まれる。二度と離してなるものか。次に離れる時は、この命を投げ出さなければならない有事の時だけだ。

「どうぞ殿下。殿下は殿下のお選びになられた道をお進みくださいませ」

レティのカーテシーは見る者すべてを魅了した。この国の王妃となる者に相応しい最上級の美しさだった。

「私は、愛するヴィクトール様と幸せになりますわ」

兄はもう、力なくうなだれていた。

「行こう、レティ」

「はい」

エスコートのために差し出した俺の手に、レティはそっと自身の手を添えてくる。俺達の行く手を阻む者は、もう誰もいなかった。

その日の授業が終わり。レティに頼んで学園を案内してもらっていた。どの場所も、レティの記憶を俺で塗り替えたかった。こんなにも独占欲の強い俺は嫌がられるのではないかと思うが、レティは仕方がないですね、といった風に笑うだけだ。俺が年下だから、甘やかされているのかもしれないが、ありがたいことだ。このまま、俺の思惑になど気づかずに許されていたいところである。

ふと、昼休みに兄と話をした中庭に行き着いた。兄はあの後、俺が手配していた騎士によって男爵令嬢と共に王城へと連行された。皆には分からないように動けと騎士に命じたのは、俺なりの情けだ。

レティは晴れ晴れとした顔で中庭を見ている。その横顔を見て、俺は思っていたことを口にした。

「ところでレティ。あのセリフには足りない部分があったと思うのだが」

「あのセリフ？」

「あなたが悪役令嬢らしい、というあれだ。ただの令嬢ではなく、絶世の美女だという点を付け加えてほしい」

俺の願いに、レティは困ったように眉を下げて笑う。

「自分でそれを言うのはなかなか恥ずかしいものがありますわ」

「事実なのだから何も問題ない。それに俺は、あなたの口からそれを聞きたいんだ」

今の彼女ならばきっと、この言葉を言えるだろう。そうしてレティは明日からこの学園で彼女の望んだ学生生活を送ることができるはずだ。

「自画自賛しても、引かないでくださいませね？」

「引くわけがない。むしろやっと自覚してくれたかと安心感すら覚えるな」

俺がそう言うと、レティはふふ、と笑った。

柔らかなその笑みが、ふと消えて、真剣な眼差しで俺を見上げる。その目に宿る力強さに俺は思わず、息を呑んだ。

「私はどうやら絶世の美女にして、悪役令嬢のようでしたの。それでも私は今、愛する人のおかげでとても楽しくて、とても幸せですわ」

花が咲くような笑顔、とはまさにこのことだ。

ふわりと笑ったレティの後ろに、美しく咲き誇る花々が見えた。

固まった俺の腕に自身の手を添え、そっと体重をかけられたかと思えば、背伸びをして俺の耳へとその口を寄せる。

「ヴィクトール、愛しているわ。私の願い事はただ一つ……あなたに愛されたいということだけ。叶えてくださる？」

聞いたことのない、妖艶な声だった。離れていく唇をすぐに奪わずにいた理性を褒めてほしい。

「……まるで悪女だっ！　あなたはどこまで俺を溺れさせるんだ！」

レティは楽しそうにすら見える瞳で俺の教えた上目遣いをして。甘えるような仕草で俺の両腕に体を寄せる。

「こんな私はお嫌いですか？」

……俺はもしかすると、とんでもない女性を目覚めさせてしまったのかもしれない。こんなことをされて、俺が陥落しないはずがない。レティはそれを分かった上で、俺が好むであろうことをやってのけるのだ。

「嫌いなはずがない！　好きだ！　全部好きで最高だ！　もっとしてくれ！　いや、だめだ。我慢がきかなくなる！　いや、でもしてほしい！」

「ふふ。ご希望であればいくらでも」

「俺も、あなたの願いはすべて叶える。愛してる、レティ」

レティのことで頭がいっぱいになった俺は、至るところから学園生たちに見られているのもそっちのけでレティへと愛を告げる。

「これでは悪役令嬢ではなく、悪女になってしまいますわね」

「どちらも最高だから良い」

その手を取って指を絡ませる。彼女は俺のもので、俺は彼女のものだ。

「これからもあなたの望むこと、やりたいこと、願ったことのすべてを俺に叶えさせてくれ」

「ありがとうございます、ヴィクトール様。私もあなたにもらってばかりだから、あなたの願いを叶えたいですわ」

「それなら……また、レティに抱きしめられたいな。頭を撫でられたのは、すごく安心して心地良かった」

「ふふ。それは二人きりになったら、ね？」

キュッと手を握って首を傾げられると、俺はもう唸るしかなかった。鋼の理性で耐える自分をここまで褒めたいと思ったのは初めてだ。抱きしめたい……と口にしていたが、実行しなかったのだから許されるだろう。

レティも名残惜しそうにしてくれていたから、学園生の目がなくなった場所で抱きしめようと密かに決めたのだった。


兄についての沙汰が決まったと報告が入ったのは、それから数日してからだった。その間に、俺は公爵とレティに、兄の処分について話をしていた。

レティは陛下の下した処分に従うのみでいいと言った。もう関わりがなくなるのであればそれで構わない。そう言うレティに、それは優しすぎるのではと思った。

しかし彼女は、罰を与えることで恨みを持たれるのも嫌ですから、と微笑むのだ。公爵もレティが良いのであれば、とのことだったため、然るべき処分はこちらの判断でということになった。父にもそのことは伝え、決まった判決は王位継承権の剥奪と除籍、そして王都追放とレティへの接近禁止令だった。俺はその判決を聞いた後、その足で兄の元を訪れた。

……兄は、貴族牢へと入れられていた。

「兄上、少しお話しをいたしましょう」

俺が呼びかけると、兄は複雑な表情をして俺を見つめてきた。きっと頭の中には様々な言葉が流れているだろう。

「私を……笑いに来たのか？」

卑屈な視線に、俺は小さくため息をつく。そんなことをするような人間だと思われているのか。

「昔からお前ばかり褒められておだてられて……私は苦汁を呑まされてばかりだった。少し遊んだからといって、王太子位や婚約者まで奪われるとは思ってもいなかったがな」

「奪ってなどいませんよ。あなたが手放したのです」

「手放してなど……っ！　昼のようにレティシオンが素直に感情を表に出していたならば、私達はこんなことになどなってはいない！」

昼にうなだれていたのは何だったのか……後悔が多すぎて、反発するしかなくなったのかもしれない。

「兄上……兄上はお気づきになっていましたか？　あなたは長い間、レティに守られていたと」

「……守られていた？」

「ベルモンド公爵家が他の貴族達からどのように見られているかはご存知でしょう？」

怪訝そうにしながら視線を彷徨わせる兄に、俺は言葉を続ける。

「ベルモンド公爵家の当主が支持した者が次の国王とも言われるほどです。兄との婚約は王家からの申し入れだったにせよ、王位継承権があり、レティと婚約を結んでいるということはその者をベルモンド公爵家が支持している……周囲からは、レティの婚約者こそが最も次期国王に相応しい者だと認識されていたでしょう」

やっとレティとの婚約の意味を考え直したのか、兄は下唇を嚙み、自身の服を握りしめた。

「兄上がどれだけ冷たい態度を取ろうとも、レティがあなたのそばにいたのは、父が次の国王にあなたを推していると判断していたからだ。王家から望んだ婚約、というのはそのような意味を持つ。しかし兄上はそれが当然であると慢心してしまったんです。後ろ盾のない俺のことなど気にすることなく、国を良くすること、国民を豊かにすることを考え続けていれば、兄上ならば素晴らしい国王になっていたかもしれないのに……」

「父も……レティシオンも……私に期待していた、のか……」

小さく震える唇は、カタカタと歯を鳴らすだけでそれ以上、音を発することはなかった。自分がおごっていたと気づかずに、手放してしまったものの大きさに打ちひしがれているのだろう。その姿はやけに小さく見えた。

「学園でのこともそうです。レティは自身が弱かったからと言っていましたが、無意識に兄上を守る行動を取っていたのだと俺は思いますよ。あんな閉鎖空間で、王家と公爵家が対立していたら、貴族はどちらにつくでしょうか。学園での兄上の振る舞いを見る限り、兄上を支持する貴族は少なかったと思います。そうなると兄上は国王の器ではないと判断され、早々に立場を失っていたでしょう。それに加え、俺は留学中でヴァンドールはまだ幼かった。兄上が信頼を失うということは、学園生にとっては未来の王を目の前で失うのです。希望ある貴族子女達の気力を削ぐことが心配だったのかもしれませんね」

レティは人に寄り添うのは当たり前として育ったから、そのような行動を取ったのだ。あの学園で、兄上をその立場から落とすことなく、他の者を極力傷つけずに済ませるために、レティは一人耐えるという道を選んだのだと俺は思う。

「レティはそれを無意識にしているんです。これを話したところで、そんなことは考えておりませんでしたわ、なんて言うんですよ。彼女こそ、王妃に相応しいと思いませんか？　王と国民を最優先に考えること。それを口にするのは簡単ですが、彼女はそれが染みついて、無自覚にやってのける。そんな彼女を守ることこそ、王となる者の役目です」

それができるのも、公然と許されるのも、王であり夫である者だけだ。

「正直、俺はあなたを国外追放にしたいくらいには恨んでいます。しかしレティがそれを望まない。俺自身も失敗したことを赦してもらった身ですから、彼女の意志は尊重したい」

この時にはもう、兄は声を押し殺して泣いていた。俯いた兄から落ちた涙が服をじんわりと濡らしていく。

「あなたは一生、天から与えられた幸福な未来を自ら手放した愚かさを反省し、慎ましやかに生きてください。俺はこの国と国民、そしてレティを幸せにすべく、努力してまいります。あなたが善良な民でいるならば、その中にあなたも入っておりますから」

兄はしばらく泣いていた。嗚咽の中に、小さく謝罪の言葉も聞こえていたが、俺は何も返さずにただ黙って聞いていた。俺がかける言葉は、今はないと思った。

しばらく泣いた後、兄はしゃくりあげながら口を開く。

「わ……私も、謝らせては……もらえない、だろうか……私は……」

「レティは、謝罪は不要と言っています。謝罪したいと思うのならば、あの元男爵令嬢を押さえつけることに尽力してください。あの女を二度と王都に近づけないよう、レティの視界に入れないよう願います」

「謝らせても、もらえないのか……」

「……十年近く、レティの話を聞かなかったのですから。ご自分だけ、すぐに言いたい言葉を聞いてもらえると考えるのは傲慢では？」

それ以上何も言えなくなった兄に、俺はこの後の対応を淡々と告げる。

「この後、あなたには薬で眠ってもらいます。目覚めた時には子孫を作れない体になっていますが、王族として生まれた以上は逃れられないことだと承知してください」

「子孫……」

「……兄上、これであなたと兄弟として話すのは最後になるでしょうから」

泣きはらした顔の兄が俺を見上げる。その瞳は幼い頃に優し気に俺を見つける彼のものとよく似ていて、俺は自身の拳を握った。

「俺は兄上が羨ましかった。俺がどれだけ努力し、身を焦がすほど切望しても手に入れられないものを、何もせずとも手に入れていたあなたが、羨ましくて仕方なかった。一体何度、一人になって悔し涙を流したかしれません」

「お前が……泣いただと？」

「ええ。それこそ留学前は悔しすぎて眠れなかったほどです。さすがに成長して泣かなくはなっていましたが、無様に泣いて乞えば譲ってもらえないかなんて、子供のようなことまで考えていました」

呆然と俺を見る兄に、俺は言葉を続ける。

「兄上、俺は兄上が思っているよりずっと愚かな男です。たった一人愛する人に自分を選んでもらいたいがために、国王になることを志すぐらいには」

ずっとずっと、心から欲しかった。しかし叶うことのない願いだとも分かっていた。兄が尊敬できる男のままでいてくれたら……俺は……

もう過ぎた話だ。この無念はここに置いていく。俺はもう、後悔しないように全力で彼女を愛すると誓ったのだから。

「あなたが善良な民でいることを心より願っております。幸運を」

「……すまない。いや、すまなかった、ヴィクトール……」

「……最後に話ができたこと、無駄ではなかったと思っております」

「……ああ」

兄はずっと謝っていた。きっと兄は、愚か者ではないはずだ。そう願い、俺は貴族牢を去った。

やっと落ち着いた日常が送れるようになり、俺とレティとの婚約と、俺が王太子となることも公表された。レティは学園生活を満喫しており、毎日女子生徒達に囲まれて、楽し気に笑っている姿を目にするようになった。

その周りには話しかけようとにじり寄っている男子t生徒もいるが、そこは周辺の女子生徒がバリケードを築いており、俺の出番はない。

卒業式には皆と手を握り合って、次は社交場でお会いしましょう、と笑いながら涙を流していた。

レティの卒業式の翌日、俺達の結婚式が執り行われた。

式には、留学中に世話になった隣国の面々も招待した。エルネスト殿下もイバンも出席してくれた。イバンは俺の姿を見るなり泣き始め、周囲を困惑させていた。そして俺の隣に並び立つ美しすぎる花嫁の姿を見て、その瞳の色を確認した後、崩れ落ち、エルネスト殿下に引っ張り上げられていた。

「お……おめ……おめで、とう……嬉し……良かっ……」

「泣くか話すかどちらかにしろ、イバン。良かったな、ヴィクトール。お前を国に呼べなかったことは残念だが、賢王となるであろうお前と共に、二国を盛り上げていけることを誇りに思う」

「俺もです。エルネスト殿下には押されぬよう、この国をより良いものにしていきます」

「ヴィ……ク、ヴィクトール、うちに……うちに、も、また、遊び……に、来て、おくれよ」

「ああ、もちろんだ。イバンのおかげで、俺は今ここにいる。ありがとう。心配をかけてすまなかった」

「ほ、ほんとうだよー！　どれだけ手紙を待ったと思ってるんだー！」

イバンの怒りはエルネスト殿下がその口を押さえることで周囲には響かずに済んだ。レティはその様子を愉快そうに見守ってくれていた。

皆との挨拶が終わり、今一度、レティと向かい合う。

「綺麗だ、レティ。こんなにも美しいあなたを妻にできるなんて、俺は最高に幸せ者だ」

「幸せ者は私の方よ。ヴィクトールもとても素敵で、見ているだけで鼓動が高鳴ってしまうわ」

「それは嬉しいな。レティには、これからも俺のそばで笑っていてほしい。俺が下を向きそうになったらしっかりしろと叱って、背中を押してくれ。共に支え合い、愛を育んでいこう。愛しているよ、レティ」

「ええ、あなたが私を励まし、強くしてくれたから、どんな困難でも臆することなく立ち向かえると思えるようになったの。私を愛してくれてありがとう。私も、心からヴィクトールを愛しているわ」

あなたのためならば、俺は賢王にも闘神にもなれるだろう。だから俺の愛する人。どうかこれからも俺の隣で幸せだと微笑んでいてくれ。あなたの隣にいることが俺が心から望んだことなのだから。

私と彼と隣国の物語

ヴィクトールと結婚式を挙げて早半年が経つ。

彼は相変わらず精力的に執務をこなしながらも、学園生活、騎士団での鍛錬、そして夫婦生活にも一切手を抜かずに過ごす、超人ぶりを発揮している。

一方で私はといえば、自身に与えられる執務に加え、国内の教育環境の整備と構築に力を入れたいと願い出て、現在は実態調査の真っ只中だ。

この国の教育は、貴族だけを見れば行き届いているといえる。しかし平民や孤児院の子供達については、そうだと言い切れるほど学校も施設も整備されていない。意欲があるのにその機会を与えられない子供達はまだまだたくさんいる。

私が以前、ヴィクトールと訪れた際に文字を教えた彼らは、今では子供達だけで文字を教え合うことができるようになっている。ヴィクトールが剣の基礎を教えた子供の中には、領主の護衛見習いとして雇われた子もいる。

学べる場さえあれば、彼らの将来の選択肢はさらに増やせるはずである。私達の手が届く範囲は限られているから、協力者を募って彼らの可能性を広げてあげたい。ヴィクトールとの孤児院訪問で、私はそう強く思った。

だから執務には一切影響のないようにします、と陛下や宰相にお話しした上で、今回の活動を私主導で進めさせていただくこととなった。

このような計画を一気に進めようとしても、予算も協力者も足りないことは重々承知している。

王家という権力を使ってお願いをしても、そんな強制的なものではいつか廃れてしまうだろう。

だから今は、情報収集と協力者への依頼や選定を行っている。貴族の意識改革にも近いかもしれないが、国内では概ね良い返事をいただけており、私としてはこの計画の明るい未来を想像して喜んでいる。

返事を見ていると、能力のある者が上を目指し、さらにこの国を盛り上げてくれることを期待する者が多いということは分かった。それを形にするのが、今の私の夢となっている。

そして空いている時間には、ヴィクトールの執務のサポートもできるようになってきた。微々たるものではあるが、少しでも彼を楽にしたいのと、そうすれば夫婦でゆっくりと過ごす時間が取れるからでもある。

ヴィクトールからはくれぐれも無理しないように、とは言われているのだが、正直に言うと、自分がこんなにも活発に行動するような人間だとは思っていなかったので、今は楽しくて仕方がない。

学びたい、知識を取り入れたい、役に立ちたい……色々なことが向上心となって駆け巡り、とにかく何かをしたくて体がウズウズしてしまう。

「レティがこんなにも元気なのは初めて見た」

と言われるほど。私自身も驚いている。

「きっと、素晴らしい旦那様に支えてもらっているからだわ。いつもありがとう、ヴィクトール」

私がお礼を言えば、ヴィクトールは労りを込めた抱擁をくれる。

挙式後から、もっともっと歩み寄って寄り添い合おう、とヴィクトールは言ってくれた。そうしてこの半年で、私は彼に対して再会した頃より随分と砕けた口調になってしまったと思う。

あまりの変わり身に時折、反省はするのだけど、

「直さなくていい。むしろ直さないでくれ。夫婦は対等なのだから、それでいいんだ」

と言われてしまうと、これでいいのかな、なんて思ってしまって……反省が意味をなさなくなってしまうのだ。

本当に、幸せだと思う。自分にこんな日が来るなんて、想像できない頃もあった。しかし今になれば、そのすべてがあったからこそ、こうやって自分の世界を広げたいと願うようになれたのだと思う。

彼の笑顔やその腕の温かさ、安心感をくれる心地好い心音、柔らかく甘やかな声……それらすべてが思い出されて、私はまた、頑張ろうと思える。

感謝してもし足りない。愛が溢れるとはこういうことを言うのかと日々思う。


そんなヴィクトールが、もう少しで誕生日を迎える。

王太子となる、大切な日。そして夫婦となって初めての誕生日。できるなら私自身が彼を喜ばせるようなことをしたくて、私は随分と早い時期から、とある計画をしている。

計画の発端は、侍女達と共に休憩時間にお茶をしている時だった。

「殿下への誕生日プレゼント？　レティ様が考えて準備されたものなら、それこそ名もないような草花でもお喜びになりそうですよね」

「レティ様から抱きついて愛の言葉を囁かれるのが一番なのではないですか？」

「今日一日は私をお好きに、なんて言ったら涙して喜びそうですけどね」

「あなたたちね……」

何がいいかと悩みに悩んでいたので、休憩時間に侍女へと相談してみると、なんとも不敬な発言の数々が。それでもそれが許されてしまうし、こんなにも侍女と打ち解けている王子などいないとは思うのだけど、ヴィクトールはこれでいいと言う。

彼にとって、彼女達は信頼の置ける部下であり、私の魅力を最大限に引き出すための最高の協力者なのだそう。

私付きの侍女は全部で三人。二人は公爵家でも私のお世話をしてくれていたメイとアンナ。そしてもう一人は元々、ヴィクトールの侍女をしていたマノン。

メイとアンナは、初デートと称してカフェに行った際に私のお忍び用の服のデザインを彼と共に考え、当日も私の着付けをしてくれた二人だ。

そしてマノンは、私との婚約が決まってすぐにヴィクトールからいずれは私に付けると宣言された侍女だ。ヴィクトールの侍女でありながら覚えていたのは私の好みばかりだったとか……

そんな彼女達とは私がお願いして、四人でお茶をすることがある。今日もそれだったのだが、思いのほか、三人が思うヴィクトールの喜ぶハードルが低いようなのだ。

「そんなことではヴィクトールは喜ばないわ。夫婦で寝室を共にしてるのだから、今更抱きついたところで……」

「いいえ、分かっていませんわ、レティ様！」

「そうですよ。殿下ですよ？　レティ様が自分のために何日も悩んだ、という点だけお伝えしても、喜びを噛みしめる時間が発生すると思います」

「間違いありませんね。これでプレゼントなんて渡されたら、使わずに額縁に飾っておく、一生残しておく、なんて言い出しそうですよね」

「もう、そんなことないわよ」

「ありますよ！」

三人にそう言われては、私は納得はないものの、頷くしかなかったのだが……その数日後。

かつてヴィクトールが留学先でお世話になったというイバン様から私宛てにお手紙と小包が届いた。

「規則のため開封して中身を確認したのですが、こちらは両方とも殿下にはご内密に、とのことでレティ様宛てに送られてきました」

その日も四人で休憩し、紅茶を飲もうとしていたところだった。

マノンが持ってきたのは、手紙と紙に包まれた小さくて少し厚めのある四角い贈り物。

「これは……」

紙の包装を解くと、一冊の本と、その本と同じ大きさの手帳が入ってあった。本の方は表紙やタイトルから冒険ものの小説のようだと予想はついた。

しかしもう一つ……手帳の表紙に手書きで記された文字を見て、私は固まってしまった。


『この花に想いを乗せて』


そんなタイトルのついた手帳には、小説とは異なり、『著者　薄情者の心優しい友人』となっていた。

私は一緒に届いた手紙を取り出し、中身を確認する。

手紙には、この冒険小説がイバン様の初めての著作であり、今、隣国でじわじわと若者の人気を得ていると綴られていた。小説に出てくる主人公である三人の少年達は、それぞれエルネスト殿下、イバン様、そしてヴィクトールをモデルにしているとも書かれてあった。

エルネスト殿下とイバン様は、ヴィクトールが留学中に大変お世話になった方々で……彼らのような存在を親友というのだろうな、と笑い合う三人を見て思ったことが蘇る。その三人が主人公のモデルであれば、きっと明るくて楽しい冒険譚になっていることだろう。

そして、同封されていた手帳についても、これは結婚のお祝いに特別に書き下ろしたものです、とあった。

『よろしければ奥様、手帳の方はヴィクトールに内緒で読んでください！　そして、この物語を通して、感じ、思ったことをヴィクトールに伝えてあげてください！　その後に、ヴィクトールに渡していただきたいです。ヴィクトールはどんな反応をするかな〜と楽しみにしています。いつかゆっくり、お二人にお会いした際にこれを渡した時の彼の反応を教えていただきたいですし、僕からは留学中の彼の話をたくさんお披露目したいと思います。』

イバン様の手紙を読み終え、私はそっと手紙を封筒へと戻し、小説と手帳を手に取り見つめる。

「レティ様？　どうなされましたか？」

黙り込んだ私を、マノンが心配そうに覗いてくる。

「あ、ええ、ごめんなさい。まさかこんなに早くイバン様の本が読めるなんて思っていなかったから。ちょっと驚いてしまったの」

「ヴィクトール様がお世話になったという物書きの方ですよね。結婚式にも参列されていた」

メイが少し目線を宙に彷徨わせ、結婚式の様子を思い出すように尋ねてくる。

「そうよ。とても仲良くしてもらったそうなの。結婚式の時もイバン様相手だとヴィクトールも少年のように無邪気に笑っていて、とても微笑ましかったわね」

「そうですね。レティ様に向けられる笑みとは確かに違ったかも……イバン様は一番泣いていらっしゃいましたよね」

「ふふ。そうね。とても感情表現が豊かな方だったわね。私は当日直接お話できなかったから……折角送っていただいたのだもの。お返事をしなくてはいけないわね」

「後で返信用便箋と封筒をお持ちいたしますね」

そう言ったのはマノンだった。それにありがとう、と返すと、三人の視線が私の手元にある手帳へと注がれているのに気づく。私は手帳の表紙を一撫でして、三人へとお伺いを立てる。

「この手帳は、ヴィクトールに秘密にしておいた方が良いそうなの。だから、お昼のうちに読むことにするわ。この時間を使ってもいいかしら?」

「もちろんです。それでは私の部屋で、鍵付きの箱に入れて管理しておきます。その方が殿下の目にも留まらないかと」

「ありがとう。助かるわ」

アンナの申し出に素直にお礼を言い、私は今後の予定を頭の中で確認しながら、なるべく早くこの手帳を読み終えるためにも、時間をいかに確保しようかと密かに計画を練るのだった。

手帳の表紙を開くのが楽しみなようで……しかし、どこか胸が締めつけられるような予感があった。それはタイトルから想像するに、ヴィクトール自身から聞かせてもらっていた留学中の彼の想いに再び触れることになるかもしれないという、妙な緊張感のせいだろう。

私は彼女達に話した通り、ヴィクトールのいない昼間の空いた時間にその物語を読むようにしたのだけれど……

「レ、レティ様⁉　どうされました⁉」

「何でも……ない、わ。大丈夫」

「冷やした布を持ってまいります！」

その物語を、私はなかなか読み進められなかった。侍女達にもひどく心配されるぐらい、いつも泣いてしまうからだ。

「ごめんなさい。大丈夫。ちょっと感情移入してしまって」

心配そうにする三人に苦笑していると、そのうちタオルや化粧直しの準備が常にされることとなってしまい、彼女達の仕事を増やしてしまって申し訳なかった。


イバン様が手帳に書かれた物語の主人公は、ヴィクトールをモデルにしていた。

もちろん名前や経歴、立場に容姿や性格も、全く異なっているために、ヴィクトールを知っている人でもこれが彼だと気づくようなものではない。

しかし、ヴィクトールから彼が抱えていた苦悩や葛藤を教えてもらった私には、主人公はヴィクトールなのだと理解ができた。

物語の中で、主人公の心情が繊細かつ丁寧に描写されていることで、まるで今ヴィクトール自身がその苦悩を抱えているかのように思えてしまい、私は涙が止まらなかった。

主人公も婚約者がいる人を好きになってしまい、その想いに苦しんでいる。主人公の心の痛みが、私にも伝わってくるようで、私がヴィクトールから聞いた話は、彼が長年の想いを乗り越えた後の言葉だったのだと、痛烈に感じた瞬間でもあった。


——怒り狂いそうだった。すべてを壊してやろうかと思った。

——許せなかったのは兄上ではない。自分自身だ。

あなたが辛い時、俺はあなたへの想いから逃げ出し、自分だけ楽な道を選んだ。

あなたを守るために力をつけたのに、何にもできなかった……一人にして、本当にすまなかった。


物語の中の彼も、楽な道など一度も選んではいなかった。

唇を嚙みしめ、吐き出せない想いを胸に抱え、泣けないままに葛藤する姿がその中にはあった。

幼い頃から何度も諦めようとした。それができない自分に苛立ちを覚え、とにかく体を動かして忘れようとした。

何においても彼女の婚約者よりも優秀なのだと証明することで、周りからは称賛された。しかし、彼が本当に欲しいものは手に入らなかった。

誰にも言えない。言えば想い人を傷つけてしまうから。彼女は幼い頃から努力を続けており、自身の願いを叶えるということは、彼女の積み上げてきたものを台なしにしてしまうと分かっているから。

離れたくて、離れたくなくて。自分の言葉に笑ってくれる彼女の瞳を、ずっと見つめていたかった。

しかし、いつまでもそうしていられるはずもなく、物理的に距離を取ることにした。物理的に離れてしまえば、この想いも上手く消化できると思った。隣に並ばずとも、彼女を支える道を模索したかった。

けれど結果は散々だった。忘れようとすればするほど、その反対の行動を取っていた。自分自身に呆れ、笑うしかなかった。

そんな時に彼は、彼女の瞳の色とよく似た花を見つける。風に飛んでいく花びらを見て、そこに自身の想いを乗せた。

届かなくても報われなくても、この手を取ってもらう日は訪れなくても。どうか、あなたが幸せでありますように、と。

そうして彼が再び彼女の元へと戻ってきた時、彼は彼女の婚約者が、彼女を傷つけていると知った。その時の後悔は、今までの比ではなかった。

言い訳を並べ、逃げた自分を思うと、握った拳に血が滲み、噛んだ唇からは本当に血が流れていた。

自分しか、彼女を守れなかったのに。こんなことになるなら攫ってしまえば良かった。しかしそれをしなかったのは他の誰でもない、自分だった。

不甲斐ない自分を殴りたくなった。けれどそんなことでは何も解決しないことは分かっている。彼女のために……いや、彼女と自分の未来のために、彼は彼女を奪うことを決めた。

諦められなかった長き想いを、自身の手で叶えることを。いつか必ずこの手で、想い人を抱きしめてみせる、と。

……そこからの主人公は、彼女の婚約者が有責となるような証拠を集め、想い人の両親の元を訪れ、婚約解消と自分を婚約者にしてほしいと願い出た。あちらとは自分が闘う。絶対に彼女を傷つけさせない、と約束して。

彼女の両親は、婚約解消を受け入れ、その後は娘に任せるとの言葉をもらった。

そうして彼は、集めた証拠と彼女への熱い想いで、彼女の婚約者をその立場から引きずり降ろした。婚約者のいなくなった想い人を口説きに口説いて、念願叶って婚約者となり、プロポーズを成功させた。

彼は、世界一幸せな男となった。

手帳の最後、『いつかのためのあとがき』にはこのようなことが書いてあった。

――僕には大切な友人がいます。その友人が最近、心の底から大切にしたいと思う相手と結ばれました。僕は泣きました。ええ、それはもう。わんわん泣いた、という表現がしっくりくるぐらい泣きました。なにせその友人が、これまで僕に見せたこともないくらい、幸せそうに笑っていたのですから。

もちろん、僕といる時間も楽しそうにしていましたよ？　それでもやはり、愛とは、愛情とは、これほどまでに人を輝かせるものなのかと驚愕した瞬間でした。それと同時に、友人とその愛する方を祝福する気持ちもとめどなく溢れてきたのですけどね。

僕にとって、その友人が特別な理由はちゃんとあります。僕は物書きとして『リスクを恐れて書きたいものを書けないことほど、惨めなことはない』という信念を持っています。

これは聞きようによっては、過激とも取られかねないものでしょう？

しかし友人は、僕のこの信念を聞いて、笑ったんです。そしてそれ以降も、一度だって否定されることはありませんでした。

人の信念を否定しないことは当然だと思いますか？　僕はそう思いません。人それぞれに考え方、感じ方がある以上、そこには善悪が存在して、許容範囲だって決まってくると思うのです。無意識にでも、否定してしまっていることが、あると思うんです。

　そんな中で、僕を否定せずに受け入れ、笑ってくれるような相手は大切にしなければ、と思ったのです。だから、今幸せのど真ん中にいる友人に言いたい。末永くお幸せに。そして早く、惚気を言いに来てください。愛するお方にメロメロになっている姿を観察したいからね。

　さて、僕の個人的な話ばかりになってしまいましたが。実は僕、あとがきで本の内容よりも個人的な話を書くことが野望だったんです。野望が一つ叶えられて嬉しいです。

　では、最後になりましたが、この本を最後まで読んでくださったあなた！

　僕は幼い頃からずっと、物書きになりたいと思ってきました。その夢を諦めなかったからこそ、今こうやって、本を出すという夢も、あとがきへの野望も叶えることができました。

　諦めなければきっと良い結果があなたには訪れますよ。どれだけ悩んで泣いても、無理に諦めなくて良いんだと思います。相当に、無責任なことを言っていると思いますけど、僕はそう信じています。

　できることを一つずつやって、時には挫けそうになることもあるでしょうが、自分と明るい未来を信じて足を止めないでください。苦悩したら、家族や友人、恋人、婚約者といった身近な人々を頼ってください。頼られる方は、きっと嬉しいでしょうから。

　僕はいつも、あなたが幸せだと思える瞬間や、その時間が永く続きますように、と祈っております。

　拙（つたな）い物語にお付き合いいただき、本当にありがとうございました。いつも夢と希望を胸に、明るい未来へと踏み出しましょう！　そっちが来ないなら、こっちから遊びに行くねー！——

やっと読み終わった時には、私は急ぎ手紙を書いていた。

宛先はもちろん著者のイバン様。お礼と、私の彼への想いを綴って。

そしてこの物語を読み始めてから決めた、ヴィクトールへの誕生日の贈り物のことも。

それから私は侍女三人を集めて、とあるお願いをした。彼女達は私の考えをすぐに理解して行動に移してくれた。

私は彼女達とは別に動き、陛下や王妃陛下、その他にも多数の国の重鎮とも呼ばれる関係者へと事情の説明をして許可取った。忙しい彼らに時間を作ってもらい、私の計画を説明して、どうかご協力をお願いしますと頭を下げた。

その誰しもが快く私の考えに賛同してくださった。

殿下のお喜びになられることならば、と笑顔で承諾してくださったのだ。

これもすべて、ヴィクトールがこれまで何事にも真摯に取り組み、向き合ってきた結果だと思い、より一層、彼を想う気持ちが加速していくようだった。

計画はすべて、ヴィクトールには内緒で。手帳も侍女の部屋に置いて管理してもらっている徹底ぶりだ。もちろん両陛下、使用人にもそれらを心がけてもらっている。

それでもヴィクトールにに気づかれそうになったこともある。というより、私が何かをしようとしている、ということはヴィクトールにはすぐにバレてしまった。

しかしここは本人直伝の必殺技の出番である。

「ヴィクトールに喜んでもらいたいの。だから詳しいことは話せないわ。もちろん、陛下や王妃陛下にはお話しをしていて、おかしなことは計画していないわよ」

「そこは信頼しているよ。しかし……そうか……。残念なような楽しみなような……」

「ねぇ、ヴィクトール」

スッと彼の手を取って、自身の両手で包み込んでから上目遣いをして首を傾げる。

「私は今回初めてあなたの妻として誕生日をお祝いできるの。皆に私がどれだけあなたを愛しているか伝えられることが、こんなにも嬉しいことだなんて知らなかったわ」

語尾は少し砕けさせて。もっともっと、可愛らしく――ヴィクトールから直々に教わった、あの時のことを思い出しながら。

「だからお願い。気づかないままでいて?」

お願い、と頬を撫でた後にそのまま反対の頬へとキスをすると、目を瞠ったヴィクトールにその手を取って抱きしめられた。

「俺は……何てことをあなたに教えてしまったんだ……」

「安心なさって。ヴィクトールにしかしないわ」

「いいや、あなたはこのすごさを分かっていない。俺の妻になったことで、あなたのその美しさは天井知らずなのに。こんな技を使ってさらに俺を打ちのめすなんて」

「それはヴィクトールが私を美しくしてくれているということよ？」

「そう……そうなのだな……。はぁ……すごく気になるところだが、妻の可愛いお願いを聞けないのは、夫として狭量と思われるんだろうな。分かった。俺はもう気にしないことにする。けれどあなたのことになると気になって仕方がないから、全力で隠してくれ」

「分かったわ。ありがとう、ヴィクトール。楽しみにしていてね」

「ああ。今から誕生日が楽しみすぎて眠れなさそうだ」

「ふふ。それなら、イバン様の小説を読んだらどう？」

「あれは追い打ちになるからもっとだめだ。続きが気になって読む手が止まらなくなる。下手をしたら夜通しで読んでしまいそうだ」

「夜通しはさすがにだめね」

二人で笑い合って夜を過ごす。イバン様には、ヴィクトールも小説をとても楽しんでおりましたよ、と報告しようと密かに考えていた。

そうして迎えたヴィクトールの誕生日当日。

今日は国民の休日として、学園も休みとなりヴィクトールも朝から準備に追われていた。彼は正式な王太子となるため、そちらの準備もあり、挨拶や式典の流れを確認したりと忙しくしていた。

一方で私は彼とは朝に会ったきり。特に私はいつもよりも豪華なドレスと宝飾品を身につけるために、準備に時間がかかっていた。

式典の流れは、彼が王太子になる儀式を終わらせ、バルコニーから国民に挨拶をする。その後、私は王太子妃として彼に呼ばれ、彼の横で国民へと挨拶をする。

私も立太子の儀は出席するけれど、ここではヴィクトールのみが口上を述べる。私は王妃陛下の隣でその姿を見つめる。

ここでのドレスは代々、王太子妃に受け継がれてきた伝統あるドレスを着用する。

その後は挨拶までに着替える時間があるため、王太子の対となるデザインのドレスへと着替えるのが習わしである。

ヴィクトールが今回正装として選んだデザインは、闘神であり賢王でもあった三代前の国王が選んだものに近い。彼の方を超える王となることを誓う、ヴィクトールの決意が込められている。

彼のマントの留め具には、私の瞳の色の宝石が埋め込まれている。

とても彼に似合っており、惚れ惚れとする精悍さだった。

そして私は控え室にて、ヴィクトールの挨拶の間に着替えを済ませる。

急ぎ足ながらも丁寧にお化粧と髪を整えてもらい、今日のためにヴィクトールから贈られた彼の色である赤色の宝石を身につける。

準備がすべて終わり、顔を上げた私の前には今にも泣き出しそうな侍女が三人。

「メイ、アンナ、マノン。本当にありがとう。三人のおかげで今日を無事に迎えられるわ」

私が頭を下げると、三人は大きく首を振った。本当に、三人がいてくれなければ今回の計画は成功しなかった。感謝してもしきれないくらいだ。

「これで……ヴィクトールをメロメロにしてくるわね」

緊張をほぐしたくて、わざと三人におどけて言ってみせると、

「すでにメロメロもメロメロですよ！」

「これ以上メロメロになったら、ヴィクトール様が地面に埋まっちゃいそうです！」

「どうか倒れませんように！」

なんて答えが返ってきて、四人で笑い合った。

そしてドアがノックされ、私は愛しの旦那様が待つバルコニーへと一歩踏み出したのだった。


「今日、無事にこの日を迎えられたこと、心からありがたく思う。私を支えてくれた国民の皆にも、感謝を述べたい。私は王太子として今後さらに、国民の皆に幸せだと……この国に生まれ、育ち、生きていくことを誇りに思ってもらえるよう、日々精進することを誓う」

拍手喝采が彼を包む。自身に満ち溢れたその声に、きっと国民の誰もが安心と信頼を寄せただ

ろう。私もその一人だ。

「そして、これからも私と共に歩む伴侶を……王太子妃となった我が愛しの美姫を皆に紹介したい」

……その言葉は少し、いえ、かなり恥ずかしいのだけど。

国民の皆も先程より盛り上がらないでほしい……これから出るのが恥ずかしくなってしまう。

「私は彼女がいたから、ここに立てる男になれた。彼女が実直に努力を続ける姿を見て、何度も甘えそうになる自身に喝を入れ、より高みを目指そうと思えた。彼女は私の憧れであり、目標であり、生涯を支え、共にありたいと願った唯一の女性だ」

ここに来て少しだけ……本当にほんの少しだけ、不安が首をもたげた。私がしたことは前例のないことで、ヴィクトールも国民も知らないことである。

私のわがままを押し通した形になった姿を、彼や民が受けて入れてくれるのか……いえ、ここに来て、不安を抱いている場合ではないわ。

私の計画を聞いた誰しもが、ヴィクトールが喜ぶことならば是非やるべきだと言ってくださった。それが新たな王太子と王太子妃が歩むべき新しいこの国の形だとも言ってくださった方もいた。

皆のあの笑顔を思い出す。

この国のために真摯にこの国と向き合い、民から信頼される王になるために歩み続けるヴィクトールへの信頼の込もった眼差しだった。

そんな皆に背中を押されて、私は彼に感謝と愛を伝えたい。

大きく深呼吸をして、自分に言い聞かせる。

大丈夫。自信を持ちなさい、レティシオン。

きっとこの想いは伝わって、ヴィクトールは喜んでくれる。あなたは美しいと、笑ってくれる。

彼がここまで頑張れた理由が私だというのならば、私もそうだと伝えたい。あなたのおかげで私はここにいる。あなたのおかげで、私は一人で立つことができる。

国民に私達の気持ちを説明することは難しいから、一目で分かるこの姿を見てもらいたい。私の中でも彼がどれだけ大きな存在なのか、きっと言葉にせずとも伝わるだろう。

仲が良いことだけで素晴らしい国王夫妻になれるわけでは、国の象徴となる二人の絆は確固たるものであるべきだと思うから。

一度だけ、深く息を吐いた。

もう、不安は一つもなかった。

挨拶を述べていたヴィクトールが、国民の声に返事をするように笑った。

「はは。早く姿を、との声が大きいな。それでは、紹介する。我が愛しの妻で、本日より王太子妃を賜ったレティシオン……だ……」

彼が振り向きながら、私を見た。直前まで振り向くことはなかったけれど、仮にこちらも見ても侍女三人によってドレスは隠されていたので、今が正真正銘の初お披露目になる。

「レティ……それは……」

従来、この国の王太子妃が挨拶の場で身に着けるドレスは、王太子の髪や瞳の色で、刺繍は王家の花のみとされる。

しかし私が今、身に着けているドレスは、肩から足元にかけて赤色からすみれ色へと色が変わっている。彼からもらったあのリボンのように、ヴィクトールと私の色を織り交ぜたものだ。

そして金糸の刺繍は、胸元には大きく王家の花が、足元には彼が想いを乗せたすみれ色の花が咲き誇っており、それらの間をそれぞれの花びらが舞い踊るように繋げている。

異例のデザインにもかかわらず、こんなにも素晴らしいものを作り上げてくれた職人方。王太子の色でもなく、王家の花でもないデザインを纏うことを快諾してくださった陛下はじめ国の重鎮方。

そして何をする時も私の意見を尊重し、ヴィクトールには秘密にしながらも計画に協力をしてくれた侍女の三人。

この花を教えてくれた、ヴィクトールの親友。

彼らへの感謝と共に、私は……私の愛する人に想いを伝えたくてヴィクトールへと歩を進める。

彼までたった数歩なのに、ひどく長く感じてしまう。こんなにも彼との距離が開いていることがもどかしいのに、ゆっくりとしか進めない。

国民からは感嘆と驚きの声が聞こえていた。彼らからは刺繍は見えないかもしれないが、ドレスの色は見えているのだろう。

「ふたりの色だ！　きれいだねぇ！」

と子供が叫ぶと、大きくなる拍手と喝采。私達を呼ぶ声が上がる。良かった、私達の繋がりが彼らに伝わり、彼らはそれを受け入れてくれた。

ヴィクトールには、ドレスのデザインを秘密にしてきた。シルエットのデザイン画は見せていたが、すみれ色の布地を使うことや、この花の刺繍をすることは伏せたままだった。

目を見開いたヴィクトールが、上から下へと視線を動かしドレスを見る。このドレスに込めた私の想いを察したのだろう。彼の顔がくしゃりと歪み、目に涙が溜まる。

早く触れたくて、抱きしめたくて……すぐにでも駆けつけたがる私の心を必死に抑え込んで、彼の元へと一歩ずつ、踏みしめながら進む。

ドレスを美しく見せるために。あなたを想って、このドレスを纏う私をその目に焼きつけてほしくて。

そうして辿り着いた時、彼は今にも零れそうになる涙を必死に堪え、唇を噛みしめて私を見下ろした。その頬に触れ、少しだけ背伸びをする。

ヴィクトールは背を屈め、私の口元に耳を寄せてくれた。

そうして私は、彼にしか聞こえない声量で大切にしてきたこの言葉を紡ぐ。

「――――」

話し終えた私をヴィクトールは強く抱きしめてくれた。これが彼の答え。そして私が望んだ答えでもあった。歓声が一段と大きくなる中で、ありがとう、と聞こえた。私はその背に手を回し、ヴィクトールと強く強く抱きしめ合った。

体を離した時、彼はもう立派な王太子としてそこに立ち、国民に涙を見せることはなかった。

彼にエスコートされ、国民の前に立つ。歓声と拍手の中、私は愛する人と共に、民のため、国のためにあることを誓うのだった。


式典と夜会を終え、やっとのことで寝室へと帰ってきた。急ぎ寝支度を整え、ほっと息をついたのも束の間。

「今日のドレスは……反則だろう」

ベッドに腰かけてすぐ、私はヴィクトールに抱きしめられた。

「ふふ。驚いた?」

「色んな意味で心臓が止まりかけた」

「それは困るわ。誰が私を褒めてくれるの？」

俺だな、といつもの調子に戻ったヴィクトールが頬に口づけをくれる。隣に並んで座り、半身を捩ってお互いに向かい合った。

「でも本当に驚いた。あの色合いもだが……あの花は……」

「イバン様の家に咲いていたすみれ色のお花を持って帰っていたと聞いたわ。その中でも特に、あの花がお気に入りのようだった、と」

私が言うと、ヴィクトールは呆れたような表情になる。

「……そこまで筒抜けなのか？　あいつ、どこまで話したんだ、一体」

「ふふ。あなたが主人公の物語をもう何度も読んだのよ」

「主人公？　俺が？　あの小説ではなく？」

「ええ。結婚祝いに書き下ろしてくださったものよ。小説と一緒に同封されていたの。私が読み終わるまでヴィクトールには秘密にしていて、と書かれてあったのだけど……今日のドレスを驚いてほしかったから、今日まで内緒にしていたの。その物語が書かれてある手帳は、アンナに厳重に保管してもらっているから、私以外、誰も内容を知らないわ。明日、ヴィクトールに渡すわね」

私がそう言うと、ヴィクトールははぁと小さく息をついた。

「……俺が主人公で、あの花が出てくるとなると……どんな書き方をされていても自分で読むのは恥ずかしいな」

困ったような複雑そうな表情をして視線を泳がせるヴィクトール。私はそんな彼の手に、自分の手を重ねる。するとその手の上からさらに手を重ねられて、二人の体温が馴染んでいくのを感じた。

「とっても素敵な物語だったわ。でも……途中はとても切なくて、私は読む度に泣いてしまうの」

思い出しただけでも目に涙の膜が張る。

嫌だわ、もう。何度も何度も泣いたというのに。

「私は……分かったようで分かっていなかったことが多かったと知ったわ。あなたがこれまで築き上げてきたものが、どれだけの葛藤の中で手にしてきたものなのか……私は知ったフリでいたの」

じわりと涙が滲む目元に、ヴィクトールの指が添えられる。まだ泣き出してはいないけれど、今にも零れ落ちそうなのは確かだった。

「泣かないでくれ、レティ。俺が主人公というくらいだから、なんとも情けないことが書かれているのは分かる。それでもあの時の悔しさがあるからこそ、俺は今こうやってレティを抱きしめられるぐらい、成長できたと思っている」

「情けなくなんてないわ。とても強い芯を持っているからこそ、でしょう？　それに……どれだけ私は高みにいる存在なの？　ヴィクトールがあまりにも私を褒めるから、私がまるで万能な人間のようになってしまっているわ」

「挨拶の時も言っただろう？　憧れであり、目標だ、と」

それはあなたの方なのに……

どんな言葉を返せばこの想いは彼に届くだろう？　上手く口から出てきてくれないから、全身で抱きつくことで伝わってほしいと願う。

「挨拶の場では俺が泣かされそうになったのに、今はレティが泣くんだな」

「……あまりにも旦那様が素敵すぎるからよ」

「何度でも惚れ直してくれ。俺は毎日惚れ直してる」

優しく包まれ、この腕の中でなら私は何でもできる人間になったように思える。

「ヴィクトール……」

「うん？」

「諦めないでいてくれてありがとう。私に想いを届けてくれてありがとう。きっとあの頃、あなたがいなくなって弱くなってしまった私が耐えられていたのは、あのお花に込めた想いが、私を守り、支えてくれていたからだと思うわ」

彼から少しだけ体を離し、そっと見上げる。

「ヴィクトール、愛しているわ。あなたにずっと愛されてきたから、私は今、この世界で一番の幸せ者になれたわ」

私の言葉にヴィクトールが目を細める。彼も泣くのを堪えたような笑い顔で、きっと私達は同じような表情になっているのだと思った。

「……ああ、俺もだ。あなたが幸せだと言ってくれることで、俺も世界一、自分は幸せな男だと思えるよ」

ゆっくり近づく彼の顔に、私は静かに瞼を閉じる。

温かく柔らかな唇を感じ、私達はまた強くお互いを抱きしめ合った。二人の感じる幸せが、混じり合って溶け合って、一つの幸福な時間となっていった。

無事に王太子、王太子妃となってからも、相変わらず、ヴィクトールは元気よく動き回っている。

今回のドレスに関して彼は大層気に入ってくれて、個人的にお礼がしたいと職人方の元を訪れ、一人一人と挨拶を交わし、お礼を言っていた。

このドレスは思い入れが特に強いため、長く使えるように侍女達にも保管は厳重に、とお願いしている。今後の誕生日の度に着てほしい、とヴィクトールにお願いされたのもあるが。

そして今回も、惜しみなく協力してくれた侍女三人には、ヴィクトールが個人的に特別手当として褒美を一つずつ与えるということになった。それは私が出すわ、と申し出たけれど、

「夫婦なのだからどちらが出してもいい。それに俺の方が絶対に感謝している」

と言い張って譲らないものだから、彼に任せることにした。

何でもいい、と言ったヴィクトールに対し、三人から出た要望は私からすると意外なものだった。


それは、よく晴れた昼下り。もう夕暮れに近い時間に、私は侍女三人に囲まれて、お出かけ準備をしていた。

「何だか久しぶりね」

「レティ様！　とっても可愛らしいですわ！」

「私ももう結婚しているのよ。可愛らしいなんて恥ずかしいわ」

「それでも乙女のように愛らしいですよ！」

「そうですそうです。やはり、奥様のその帽子もよく似合いますね！」

「こちらは公爵夫人のものなのですか？」

「そうなの。前回も母が貸してくれて。この服にはやっぱりこれが一番合うからまた借りてしまったの」

「すごくお似合いです。やはり親子だからなのでしょうかね？」

「ふふ、ありがとう。嬉しいわ」

四人で準備をしていると、ドアをノックする音が聞こえる。

「四人とも、準備はできたか？」

「はい。お待たせしました」

メイが扉を開けに行くよりも早く、自身で扉を開けたのはヴィクトールだ。

「……ヴィクトール殿下。待ちきれないのは分かりますが、レディの準備中に入って来られるのはいかがなものかと……」

「すまん。今日だけは勘弁してくれ」

「本当に今日だけですか？」

「…………以後、できる限りで、気をつける。できる限り」

どちらが上の立場か分からないようなやりとりにくすすと笑えば、王太子然とした服装ではなく、シャツとスラックスを着たヴィクトールが私をその目に映し、一気に破顔する。

「ああ、やはりレティは何を着ても美しい。同じ服でも前回は可愛さが上回ったが、今回は美しさが上だな」

「私は可愛らしさが上だと思いますが」

「そこは俺の中でも僅差だ。それに俺に合わせる必要はない。各々が各々で感じたまま愛でればいいんだ」

「ヴィクトール殿下、良いことおっしゃいますね」

「夫となった男は違うだろう？」

「何を言っているの、二人とも」

今日はヴィクトールと私、そしてメイ、アンナ、マノンの五人で、ヴィクトールと初めてのデートで訪れたカフェへとお忍びで訪問する。

お忍びとは言いながら、さすがに顔が知れ渡っているために、カフェのマスターから許可をいただいて、貸し切りにしてもらったのだけど。

それでも服装はあの時のようにお忍び風、だ。

「あのカフェ、恋人の聖地としてとっても人気らしいですよ。何でも一年程前に婚約したばかりの美男美女が訪れてから、その席に座った恋人は結婚して幸せになるとか」

「今日から王太子夫妻御用達、も追加されますね」

「マスターが受け入れてくださって良かったわ」

「甘みを抑えたケーキが男性陣にも人気らしいですよ。以前はありましたか？」

「いいえ、なかったわ。それならヴィクトールも一つ食べ切れるんじゃない？」

隣を歩く彼を見上げれば、少し難しい顔をしたヴィクトール。

「あら、どうしたの？」

「……俺はまた、あーんで食べさせてほしいから、甘い方でいい」

「甘みを抑えていても、あーんはするわよ？　ヴィクトールもお返しにしてくださるのでしょう？」

「もちろんだ！」

カフェに着いたら、彼の友人の好みに合うケーキを探してみよう。訪問いただいた際に、ここのケーキを紹介すれば、きっとエピソードとして蓄えてもらえるのではないかと思うから。

「さぁ、行こうか、レティ」

「ええ、ヴィクトール」

手を取り合って進む先で。

あなたと私と、私達を支え励ましてくれる皆が楽しく幸せな日々を送れますように。

諦めずに踏み出したその一歩が、明るい未来への一歩となりますように。

『あなたが想いを込めてくれた花びらは、すべて私の元に。そして、私の想いを込めたこの花を……私ごとすべて、受け取ってくださいませ。愛しているわ、ヴィクトール』

あとがき

初めまして。きらももぞと申します。

この度は、『目が覚めたら、私はどうやら絶世の美女にして悪役令嬢のようでしたので、願い事を叶えることにしましたの。』を読んでいただきありがとうございます。

本作は、とにかくとんでもない美女を愛でたいなぁという一心で思いついた作品です。とんでもない美女、というのが私の中では重要でした。書いている間、私もレティシオンの行動に頬を染める女子生徒と同じ気持ちでした。絶世の美女に見つめられて、首を傾げられたらドキドキするよね！　と。自分で考えておきながら、よくぞヴィクトールは見つめ合って耐えられるな……いや、耐えられてないのか、なんて思ってもいました。読み返したらあんまり耐えられてはいませんね。それも仕方なし。だって絶世の美女相手ですから。きっと耐えられないのも幸せな日常なんです。

書籍化に伴い、本編から出てきていた侍女達に名前を付けられたことは嬉しかったです。本編の時から書いていて楽しい彼女達でしたが、本作ではさらに一人増え、留学先の友人達も追加され、とにかくワクワクしながら登場人物達を動かしました。大満足です。

ＷＥＢに上げているものから、さらにパワーアップさせた本作。編集担当様にたくさんのご助力をいただき、修正加筆を重ねてやっと形になりました。右も左も分からない私に親切にしていただき、ありがとうございました。また、表紙絵や挿絵をご担当いただいた月戸（つきと）先生。あまりに美しい絵ばかりで、何度も見ては愛でております。ご多忙の中、お引き受けいただきありがとうございました。その他にも、本作のためにご協力・ご尽力いただきました皆様に、心より感謝を申し上げます。

そしてなにより、たくさんの作品の中から本作を選んでいただいた読者の皆様。本当にありがとうございます。私のとんでもない美女を愛でたいという純粋な欲望に満ちた想いを綴った本作でしたが、皆様に少しでも楽しんでいただけたら幸いです。

最後になりましたが、本作とともにあとがきまで読んでいただいた皆様！　本当にありがとうございました！

きらももぞ

断罪ループ五回目の悪役令嬢はやさぐれる
もう勝手にしてとは言ったけど、溺愛して良いとまでは言っていない
長月おと
Oto Nagatsuki
illust. コユコム
Niμ NOVELS

売られた聖女は異郷の王の愛を得る

乙原ゆん

イラスト：ここあ

生涯をかけてあなたを守ると誓おう

とある事件がきっかけで、力が足りないと聖女の任を解かれたセシーリア。

さらには婚約も破棄され、異国フェーグレーンへ行くよう命じられてしまう。

向かった加護もなく荒れた国では王・フェリクスが瘴気に蝕まれ倒れていた。

「聖女でなくても私の能力を求めている人の役に立ちたい」

苦しむ彼を見てセシーリアは願い、
魔力切れを起こすまで浄化の力を使うとなんとか彼を助けることに成功。

「どうかこの国の力になってほしい」

誠実に言葉をかけてくれるフェリクスとの距離は徐々に縮まり、
心を通わせるようになるけれど……！？

ファンレターはこちらの宛先までお送りください。

〒110-0015　東京都台東区東上野2-8-7
笠倉出版社　Niμ編集部

きらももぞ 先生／月戸 先生

目が覚めたら、私はどうやら絶世の美女にして悪役令嬢のようでしたので、願い事を叶えることにしましたの。

2023年9月1日　初版第1刷発行

著者
きらももぞ

発行者
笠倉伸夫

発行所
株式会社　笠倉出版社
〒110-0015　東京都台東区東上野2-8-7
[営業]TEL　0120-984-164
[編集]TEL　03-4355-1103

印刷
株式会社　光邦

装丁
AFTERGLOW

Niμ公式サイト　https://niu-kasakura.com/

ISBN　978-4-7730-6422-3
Printed in Japan